谷崎潤一郎

谷崎润一郎

闻书抄

谈谦 译

上海译文出版社

目　录

闻书抄

——第二盲目物语

其　一

　　《改定史籍集览》第十三册别记类中所载《丰内记》又名《秀赖事记》，据传为桑原求德物语汇编——记载的是目睹大坂灭亡的高木仁右卫门入道宗梦①的故事。同书上卷一节，有石田三成嫡子隼人正重家②的日后谈。曰："嫡子石田隼人彼时十二三岁，质容不凡，贤达于世，天下人崇敬，载誉册籍。然关原合战败北，父战死或匿迹，唤监护曰，生于武士之家，无求八十终寿，甲胄裹身、战死沙场乃荣耀正途。徒留我之无用身，悔恨莫及。哀哉无路可归，莫若四壁山峦以伴，切腹了断。速予介错③。监护曰，合战已败无疑，昨日今日，弃战败军，四下逃散，然无一人称三成战死，实否未闻，稍候为宜，平素深蒙令尊三成御恩，宜暂避圣高野山，静心隐忍。嫡子应允，二少童着召具④，下得玉床，遥避行卫，监护伴至天王寺。须臾折返。监护无能，不知所踪，看似精明强干，却不知义理。人来人往，隼人唯伴二小厮，挽臂跣足，行向阿部野。九月有半，不堪夜寒，手足冰凉，难拨草露，急急匆匆，道无所见，徒至瓜果地，三人相对，其后何为？似无前途。隼人正曰，世人眼中，伏隐山野，逃亡者无疑，宜觅正道前行。大义如此。出得堺⑤

町，纪伊大道，七日七夜上高野山，先参大师御前，双手合举，深念还愿，祈父存命，再遂本意；倘父战死，则求佛助后生。其后大师言，避世隐存，似有违上意；若告发于山下武士，使大将之子有刎颈之害，二小厮也难逃厄运。迷惘中，何以处之。（中略）此外治部少辅⑥多女嗣。委身都城，蒙惠天下。今日昨日，人情世故，难栖洛中。于是遁身西山边陲，摘菜汲水采薪，静心超脱，供佛度光阴。"这段描述，令人心生无尽哀怜。败将之子，面对的莫非是

① "高木仁右卫门"为名，"入道"则为入佛门的称呼，"宗梦"为字号。《丰内记》又称《秀赖事记》或《丰臣秀赖记》，作为有名的史料在日本的《国史大事典》中立有条目。并在《改定史籍集览》《续群书类从》《日本历史文库》中均有收录。《丰内记》的撰写年代不明，编撰者为桑原求德法师，近江浪士高木仁右卫门于书中讲述故事。有评价曰，书中讲述了秀赖出于礼义相让政权予德川家康的故事，带有浓厚的美化江户幕府的儒教色彩。
② 隼人正重家，为石田重家，石田三成的嫡男，后成为临济宗的高僧。"隼人正"为其官名。
③ 为剖腹自杀者助刀断头。
④ 公家（朝臣）服装之一种。
⑤ 今大阪湾之东岸，大阪府南部城市。
⑥ "治部少辅"为织田信长授予石田三成之官位。

这般命运。的确催人一掬泪下。然而隼人正之生涯，诸书所传不相一致，未必真如《丰内记》所载。今尝试据渡边世祐①博士之《稿本石田三成》，列举诸般异说。首先关原合战当时隼人正并非身处佐和山，而与毛利辉元、增田长盛、长束正家等嫡子一同身为人质困于大坂城内。一说云，九月十九日夜，在乳母和武士津山甚内扶助下，隼人正逃离大坂，入京都妙心寺寿圣院，寺里报告所司代②奥平信昌，家康传令助命③。于是剃发，号宗享，后为寿圣院第三世大禅师，贞享三年④闰三月八日圆寂。陪伴隼人正之津山甚内不知所终。乳母改嫁妙心寺南门前下赖静圆，据传乃田宫氏祖，今仍傍妙心寺居。又据岩渊夜话，宗享禅师受泉州岸和田城主冈部宣胜扶助，终于极老，迁化于岸和田。而《古今武家盛衰记》、《诸家兴废记》和《翁草》等记录中些许差异，有说隼人正逃离大坂是九月十七日夜，有说津山甚内乃乳母之父津山喜内，另有一说称某武士和田千之助亦扈从逃亡奥州⑤于津轻为信⑥藩国内，借相识者襄助潜为家客，幸运逃离搜索网安得余命。有说现津轻家旧臣姓氏杉山者，便是三成之子孙。以上诸说，皆称隼人正平安长寿，相异于《丰内记》那般哀怨故事。然据《户田左门觉书⑦》所记，三成之子左吉亦由佐和山逃往高野。未明隼人正、左吉是否同属一人。唯有

---

① 渡边世祐（1874—1957），日本史学者。山口县吉敷郡下宇野令村（现山口市）生人，旧姓藏田。明治大学、国学院大学教授。
② 幕府重要机关之代理长官。
③ 留下性命。
④ 一六八六年。
⑤ 指陆奥国（古时律令国之一，分布于现今青森县、岩手县、宫城县、福岛县、秋田县部分地区）。
⑥ 津轻为信为陆奥国城主。
⑦ "觉书"即备忘录。

5

揣测三成遗嗣中一子遭遇了《丰内记》所传悲剧。

《丰内记》又曰："治部少辅多女嗣"，似可证明其有几个女儿，但嫡子隼人正如前所述诸说纷纭。女嗣的情况亦散见于一两部书物，并无详细记载。

《稿本石田三成》曰："考三成之女，关原战后实有生存者。板坂登斋觉书载关原战后，家康释放了当时的敌方妻女。登位将军后，敌方妻女亦在京都堀川观其盛服。于是乎，战死于佐和山的正澄之妻未遭任何处罚，苟活至庆长十二年①，殁于二月二十八，三成之女亦有战后生存者。"其中一女嫁于丰后国安歧城主熊谷直盛，另一女嫁于尾张国犬山城主石川贞清。另据《常春藤拔萃》记述，德川赖宣②时代，纪州③城町医④佐藤三益之妻乃三成之女。赖宣闻知，命查实，关原战后确受乳母机智救助。赖宣深悯，赐三十帮佣。另一说熊泽蕃山之弟泉忠爱之妻乃三成外孙女，又系阿波国人箕浦平左卫门之女，因而平左卫门之妻三成之女。此类风传若属实，可想知三成子孙广散各地，喜得良缘，幸福而终。然《丰内记》中的"难栖洛中，于是乎遁身西山边，摘菜汲水采薪，静心超脱，供佛度光阴"当作何解呢？尤其是江村专斋《老人杂谈》记述，三成之

---

① 一六〇七年。
② 德川赖宣（1602—1671），德川家康的第十个儿子，为纪伊国（现今和歌山县及三重县部分地区）之德川家先祖。
③ 前述"纪伊国"之别称。
④ 民间医师。

女竟有沦为歌妓者，"名为常盘舞女，随唤随至，无论何处，自称石田三成女。如此，真西山孙女亦为歌妓"。若父三成享年四十一岁，其时多为幼女，手足姐妹，竟有二人嫁于城主，其他或嫁武士或嫁町医。削发为僧或沦为歌女之说，值得斟酌。莫非嫁后因叛者女儿身份遭夫君冷落？还是仅有关原战时未届婚龄的妹妹们遭此厄运飘零？那么幸福生活中的姐姐们，为何对受苦的妹妹们漠然置之？反之长兄尊为妙心寺大法师，四个姐姐嫁入高门大户，妹妹们又为何不主动求助呢？莫非叛逆者后嗣不通音讯，手足同胞，却唯恐提及父亲盛名？时至今日提起上述疑问，仍无从辨明当时细节。细究无益。然吾于数年前读了题为《安积源太夫闻书》之古抄本，顿生好奇，欲辨明古抄本中三成之女为前述传说中何人。

　　前述《安积源太夫闻书》乃前述物语之依据。实话实说，此书是否值得信赖不详。或为后来好事者作伪？在此要说说阅读古抄本的来龙去脉。时间确是昭和六年①，蛰居高野山龙泉院撰写《盲目

----

① 一九三二年。

物语》时，某日收到寄自江州①长浜城一函。要旨摘录如下："拜读阁下刊于中央公论②九月号之《盲目物语》，至深感铭。物语涉及战国女性，命运哀切。毋庸置疑，阁下纤毫毕致的笔力令人叹服。但引人入胜尚有其他两个因缘或理由。其一，不才远祖自物语中盲人主人公时代即居于江州长浜；其二，家中秘藏祖辈相传《安积源太夫闻书》抄本，内容恰是曾经侍奉石田治部少辅的武士记述，因故盲目，沦落而为逆贼丰臣秀次③的守坟者。吾不知抄本何时成为家中珍藏。作者安积源太夫何许人也亦无从知晓。但此书若可信赖，则源太夫乃宽永④至天和⑤年间武士，壮年曾栖京都。本族或有安积姓氏者，或为因缘。然查安积氏族宗谱并无确证。他日欲求专家鉴定，判明此书历史价值。今阅《盲目物语》，念及此书，或可为阁下创作提供参考。"

其在书简中又曰："向阁下荐读此书，并非乞请阁下鉴定。吾不知晓阁下《盲目物语》之素材、构想出于何处，谨望示明不才手中偶存另一《盲目物语》，时代相同背景相近实质却不同。不敢妄言自己珍藏的《盲目物语》优于阁下之珍藏，但比较而言，此盲人经历的舞台之大，色彩之斑斓，悲剧之异常与深刻绝无逊色。若阁下得意灵笔将此物语改成阁下的物语形式，必予世人更多感动。想来阁下作为小说家，无须深究此书的历史价值云云。"缘于职业，时有未曾谋面的读者如此这般，多半失望却对书简仍有兴趣。权且书

---

① "近江国"之别称。现今滋贺县。
② 为日本具有代表性的综合杂志之一。1887 年创刊，曾一度于一九四四年废刊。一九四六年再度复刊。
③ 丰臣秀次（1568—1595），曾是丰臣秀吉之养子。然秀赖出生后，与秀吉不和，被囚禁在高野山命其自杀。
④ 一六二四至一六四四年。
⑤ 一六八一至一六八四年。

信回复，借览古抄本。彼又回复："用毕望速奉还。"旋挂号寄呈书物。恰如某之所曰，身为一介小说作者，却古文书知识阙如，本无鉴定抄本真伪资格。事先申明，唯信批注："时天和二岁次壬戌如月①记之，安积源太夫六十七岁。"阅前言部分，安积源太夫年轻时居于京都，某年即宽永十八年秋，于嵯峨释迦堂旁草庵探访老尼——石田三成之女，闻其幼年往事。尤为动心之桩桩情节，四十年岁月流逝耿耿不忘。老尼以草根擦拭老眼泌物，嘱咐记述下来传之后世。前述守墓盲人之说正出自老尼前述物语。如此，抄本必系老尼身世。老尼又称，幼时乳母相伴逃离佐和山，欲求熟知都城者引导，不意遇彼盲人。老尼单只叙述其与盲人邂逅，盲人彻头彻尾成了主人公。于是乎，自成第二盲目物语。

---

① 阴历二月。

其　二

　　前述抄本之文体，同于小濑甫庵的《太阁记》^①、《信长记》^②，叙述方法也与当时的军记类相差无几，此书的特异之处仅在于如前所述，盲人的叙述构成了作品的主要内容，且一直通过老尼的陈述，使我们了解到老尼的部分身世。亦即《闻书》^③作者安积源太夫调动四十年前探访嵯峨草庵之记忆，念念不忘促膝聆听老尼陈述的那般感受。于是一物语派生出另一物语，派生的物语占取了更大的篇幅，时而直接陈述，时而间接描述，结果宛若接力故事——盲人传予老尼、老尼又传给笔者。笔者闻听老尼叙述乃在四十年前，老尼闻听盲人陈述更在四五十年之前。时间跨度之大不难想象。老尼、笔者皆可能印象淡漠，不敢断言记忆无误。写法上也确有多处言语不畅。尽管有种种不确因素，作品读来却不乏凄恻动人。随着物语之展开，盲人沉痛的言语风貌恍在眼前，感人肺腑。盲人的陈述容后描叙。先来看看那位老尼。老尼说，庆长五年约莫十岁，佐和山城陷。若属实，则宽永十八年秋安积源太夫五十一岁时，造访了嵯峨草庵。出现在源太夫面前的老尼，肤色白净，目光清澈，气质不凡，面部肌肤滑润细嫩，看似四十二三。举止安详自不待言，

言谈举止亦透着无可比拟的优雅。说是尼姑，却婀娜风姿，非同寻常。《闻书》笔者记述后又闻知老尼曾筵宴助兴。无依无靠妇道人家况为谋叛者女，世人疏远，非此或亦无以谋生。然若属实，弱年时于京城当有羞花闭月之貌。于是思忖，此老尼莫非正是前述《老人杂谈》中提及的三成之女，舞妓"常盘"之转身乎？《闻书》之中仅谓传言，全未涉及"常盘"一名。笔者却觉不无干系。

　　据源太夫所言，老尼草庵位于嵯峨释迦堂东北方向，去往大泽池道旁的草丛背后，仅两室简陋茅草房。一间较宽敞的用作佛堂，偕十三四岁年少女佣早晚供佛度日。京城弗远，却为冷寂之地，平日无访者，尼姑似亦不喜与人接触。笔者源太夫称不问老尼的身世，某年秋日拜谒释迦堂，就便请那儿的和尚引荐，好歹得以相见。笔者生相年轻，令人意外。与袈裟残存色香的尼姑促膝一间狭

① 有关丰臣秀吉一代的综合记载。以小濑甫庵的《太阁记》（二十二卷 1625 年）最具代表性。
② 有关织田信长一代的综合记载。首卷十六卷，由太田牛一于一六〇〇年著述。另外十五卷则由小濑甫庵于一六二二年在首卷的基础上加笔论述而就。
③ 听故事、传闻后记录下来的文书。

室，诚惶诚恐，恻隐孤寂。渐次引出老尼身世记忆。起初无论什么，都是一句羞于启齿，惶恐俯首似欲规避好事之徒。问答时时中断。偶然间看到安放小如来的佛龛有一灵牌，记有"江东院正岫因公大禅定门"字样。正是三成法名。于是源太夫起身至灵牌前，毕恭毕敬拈香行礼。见其举止，尼姑态度稍有松缓，渐露欲答所问之情形来。

附带说明，灵牌法名乃三成大德寺皈依佛祖时，圆鉴国师所选。石田氏灭亡后，国师念其生前深交，建一族慰魂塔，入殓三成遗骸，建立墓碑，时时祈愿冥福。庆长七年十月一日，三玄院纪念故人逝世三周年，唱偈曰：

自开一炉烧返魂，早梅香动出前村。
即今欲问三年别，十月桃花终不言。

想来，国师这般出世禅僧凭吊风云儿不足为奇。但在当时，德川氏霸业已成定局，家中亲属恐亦不便上坟，无人供奉香华一片。源太夫乃一路人，却礼拜父亲灵牌，尼姑见状出乎意外，不难察知感激之情，于是渐渐地似乎为专访者的善意所打动，话语也便多了起来。可即便如此，源太郎的问题一旦涉及尼姑自身，回答即变得含糊其辞，语焉不详。可以说，尼姑所言为父亲三成处刑前后两三年间的遭遇和见闻，以倾听盲人陈述为主。自己何以出家为尼？成为草庵庵主前的尘世漂泊，则闭口不谈。想必尼姑转述盲人之言，或幼年战祸殃及饱尝的命运变幻之悲，在她的回想中留下了最为强烈、难以磨灭的记忆。

老尼不让听者败兴，有意将话题引向盲人悲剧而避开触及自身问题。

尼姑曰：庆长五年九月十八日城堡危在旦夕，一族老少家臣自绝自尽，自己也决心一死，小手紧攥短剑柄，却被母亲拦住："年幼况为女儿身。万一敌人发现，或亦心生悲悯。切勿急急自尽，能逃即逃！父亲大人或未战死。定栖身何处。汝乃生之希望，必见父亲大人，为亡者祈冥福。"母亲喋喋不休。自己揪紧母亲衣袖，哭喊央求："离别母亲，前途不明，我想与母亲一同赴死。"母亲却唤乳母拉开了自己。无奈之中，哭喊着离开了城堡。尼姑未透露"母亲"乃三成正室抑或侧室，也未说自己有无兄弟。料想或为庶腹子，遭冷落反倒平安逃离了城堡。乳母拉着她的手，她却拼命哭喊着挣扎身躯："不要！不要！"她不愿离别母亲。霎时滚滚火焰将她与母亲隔开。一旁乳母焦急地催促——"快！快！"以后不顾伤悲，只顾躲避飞落的火星。终于回过神来，已潜入僻静的后山密林，远离了战事骚乱。

　　置身于此，她明白不必担心火焰的灼烧，也不会再有敌人追杀，于是念及母亲。乳母将自己带离了城堡，自己却懊悔不已。且见城堡上空浓烟滚滚。热泪盈眶。心中绝望。料定母亲葬身浓烟。她嚷嚷着缠磨乳母，非要回去母亲身边，非要回归滚滚浓烟。乳母使眼色"嘘嘘"制止，担心她的声音传出森林。

　　"公主!"

　　乳母叱责道，一边捂住了她的嘴。她渐渐平静止住哭泣。乳母说进城总有藏身之处，在得知父亲大人是否安然无恙前，活着就好。当时年仅十岁的她，如何理解乳母反复提到的"父亲大人"呢? 父亲曾是五奉行①之一，威仪权势，天下无双。这次调集京都一带兵力，攻江户内府，是一个调动大军的伟人。他让母亲和自己居于壮观的城池，众多婢女服侍，身为王公侧室及公主幸福度日。父亲无疑是自己的恩人。但就父女亲情言，父亲的存在或许太高太远太陌生。懂事以来，父亲偶回城堡，也多与其他武士密谈京都、

① 丰臣秀吉政权时分掌政务之五大政务长官之一。

18

江户情势。繁忙的父亲可以说，从未好好心疼自己。在女儿眼里，那样的父亲只是一方英雄，与其说感有亲情，不如说怀有敬畏。她遗憾父亲的战败，也祈祷平安得救。可母亲死了，便无心期待父亲再起，无心期待再度成事，再度获得王公巨富权势并重建烧毁的城池。那是父亲无比期待的事情。但没有母亲的城堡生活，她已不再留恋。

女儿心思不难揣知。父亲没准儿真能获救？乳母的这般劝言在其幼小的心灵反复回荡，竟至产生了麻木感。这种状态下，相伴乳母去了京都。两人与《丰内记》记述的隼人正情形相同，冒着九月下旬的入夜寒风，战战兢兢避人耳目，疲于奔命。街上尽是耀武扬威的胜者关东军及溃不成军的败兵。入得京都，或需耗时数日。比隼人正侥幸的是乳母诚实，不像那男性监护人。她将公主平安地带到了城中故知家。

入京途中听到父亲三成的种种传闻。有说隐于伊吹山^①，有说

_____

① 滋贺县与歧阜县界之山。

19

隐于故乡石田村有旧恩的百姓家。非也,三成这等武士何以苟活,定是家臣将其头颅、身躯分别埋在了世人不知的地方。非也,也有人认为他是乔装打扮沿此大道去了大坂,以图东山再起纠集兵力剿灭德川大人。甚至有人煞有介事地谎称,治部少辅刚被捉拿住了,亲自看到其被捉走。那些消息使得她们忽而摩挲胸脯放下心来,忽而又提心吊胆捏起一把汗。两人过濑田桥①时,见来往人群告示牌前止步观望,不由得也停下了脚步。

一、石田治部,备前②宰相,于岛津两三人捕来,为御献礼。下旨,永代革除官职俸禄。

二、右两三人,候事不成,杀可。当座之为献礼,获赏金百枚。

三、其村中差送,述途中情状,知其情隐而不申者,其一类。居所、曲事皆须申报。

乳母匆匆一读,悄然一拽公主衣袖,示意快走。钻出人墙道:

"放心吧。令尊大人安在……有那块牌子立着,令尊大人就必定有了藏身之处。说是捉拿令尊者有奖云云,对不?可领内百姓受恩于彼,谁会大不敬地用绳索去套旧日城主啊。"

不要泄气,很快便有相见之时。乳母安慰道。但其内心,显然未必真作如是想。进得大津城,便闻昨于石山③捕得一大武士,知治部少辅之下落。她们不露声色地凑近人群并拉住一位有识长者探

---

① 架在今滋贺县濑田川上的桥。此处为由关东至京都的入口,古时是保卫京都之要塞。
② 古备前国。于今冈山县东南部,面临濑户内海一带。
③ 今滋贺县大津市。

听。原来是小幡助六郎信世，正是年俸禄两千石的家臣。信世随主出征关原会战①，不知缘何落入石山为当地民众所获。令人钦佩的是，他被拉至大津兵营中，德川大人亲审问：

"汝不会不知主子三成下落吧？"

他却斩钉截铁般答道：

"没错。了然于心。但供出有违武士之道。即便拷问，粉身碎骨，也绝无招供之理。"

信世其实不知三成去处。战场主人失却踪迹，谅已逃至京城，便追其踪迹至石山。德川大人也明此缘由。曰：

"不，此人不知。然其堂堂正正。杀掉可惜，恕之。"

当即释放。信世并不转喜。曰：别离主人，再蒙此辱，生不如

① 庆长五年（1600）九月十五日，石田三成西部大军与德川家康东部大军为争夺天下于关原开战。各小国诸侯均加入东西各战阵，因而此战役被称为重大战役。由于西部大军的小早川秀秋背叛，使东部大军获得大胜，此战役后德川家康掌握了天下之实权，并于庆长八年（1603）任征夷大将军。

死！遂切腹自尽。信世的毅然赴死传开，城里人竞相赞颂：真是一位令人景仰的武士！治部少辅亦有出色家臣啊！

"小幡助六郎大人是享有勇敢盛名的武士，才会有如此壮烈之举啊。"

乳母感慨道。真正的忠义显现于此时。

"公主与我，有缘路过，虽非亲属，亦当前往祭奠亡灵。未能如愿，实感遗憾。"乳母等顶着比叡山①凛冽寒风，在往逢坂山②途中落泪哀叹。又言：

"田中兵部大辅大人可憎。忘恩负义。"

一路闻言，应德川大人吩咐，受命生擒治部少辅者乃田中兵部大辅。乳母则言：兵部大人与主人交往甚密，又是同乡。此人派出的追捕手于伊吹山山麓，村村寨寨，挨家挨户，近道山涧，掘地三

---

① 今京都市东北方向，京都府与滋贺县之间。
② 今滋贺县大津市南部东海大道上之山坡。

尺挖土撬岩排查搜索，主人便也没了安然藏身之地。主人想必饥肠辘辘，藏身于荒寂深山，连去村子觅食都不可能。这一带街道，夜幕降临后阴气森森，何况夜晚深山？寒冷自不必说，或有野猪豺狼出没？有人呈上一碗白粥、泡饭多好，身边有武士侍奉么？还是只身一人？石桥山①赖朝公②也曾落难，但他巧妙地摆脱了困境，鸿运再开。而主君遭此厄运，皆因田中兵部大人恶行。靠主人推举立身扬名，昔日秀次公谋反时，太阁③老爷曾对之起了疑心。好歹得以赦免。多亏谁啊？想想当时，何忍将弓弩对向主人？就因德川大人势强，便加入佐和山城④敌军行列充当捕手，算什么啊？乳母喋喋不休地叱责道。到达京城落脚后，每天噩耗不断。不是摄津国⑤守被捕就是安国寺出事。公主每天都预感，即将传来坏消息。她已大半失去了信心。某日傍晚，乳母匆忙赶回，一见其脸色，便知是"噩讯"。乳母说，大街小巷都在议论"治部少辅终于被捕"。言九月二十一日，治部少辅至江州伊香郡古桥村，被兵部大辅的家臣田

---

① 位于今小田原市西南部之山脉。
② 镰仓幕府初代将军（在任期间 1192—1199）。武家政治的创始人。一一八〇年奉以仁王（后白河天皇之第三皇子）。一一八〇年与源赖政合谋，集各国源氏讨伐平氏，于光明山鸟居寺前战死）玉旨，举兵讨伐平氏，石桥山战败，富士川大胜。于镰仓巩固东国（大致箱根以东各诸侯国），开创幕府。
③ 指丰臣秀吉。
④ 乃石田三成之城堡。
⑤ 位于今大阪府中部城市。

中传右卫门擒获。详情不知。说是最初逃往伊吹山，在那儿与护卫的众武士分手，仅带渡边勘十、矶野平三郎、盐野清介三者赴浅井郡草野谷，又从草野谷进大谷山暂避山中。但不久三人辞别主君，三成便孤身一人由高野村辗转古桥村。古桥村为旧领地，那儿法华寺三殊院有名曰善说的僧侣，主人幼时师从。于是求其荫蔽两三日。但因村民有所察，又逃至名曰与次郎太夫的同村百姓处。与次郎是个好人，接纳了旧日恩主，又将其藏身于住家附近的岩洞，每日悄悄送去食物。但日久传入名君耳中，无法再隐藏。老爷察知与次郎为难，认定天运已尽，自己提出到兵部大辅阵营受缚。乳母将公主让到僻静处，讲述了街上闻听的事情经纬，再次哭诉兵部大辅可憎。

据与次郎太夫言，田中传右卫门负责抓捕，备轿送至井口村，逗留三日由兵部大辅亲自护卫押送，经由犬上郡高宫，于守山①停

---

① 今滋贺县南部、野洲川左岸城市。

宿一夜，翌日送至大津①内府殿德川大人阵营。每日父亲状况，不知从何而来的消息，详细入微。街头巷尾的传言也传进避人耳目的二人耳中。因是京城游手好闲者添枝加叶的传播，真伪难辨。据说父亲逃亡途中，苦于无食果腹，采摘路旁的野草稻穗充饥。加之躲藏岩洞肚子受凉，被捕时苦于腹泻。兵部大辅毕竟也念旧日之情，好生侍之，予以药治。父亲亦欣然受之，并让其煮了韭菜粥，食后酣睡一场。兵部大辅念及父亲心境，感佩其率数万大兵气概。无奈胜败乃上天之意。似在慰藉父亲。父亲毫不在意笑曰：想为秀赖大人除害，报恩太阁殿下，只叹武运不佳，无怨无悔。此乃太阁殿下赐物，作为遗物收下吧。说罢将贞光②短刀交予兵部，并如从前一般简称兵部为"田兵"。

此外被带往大津兵营时，德川大人吩咐营帐前铺榻榻米，让父亲五花大绑坐于彼，给进出将领观赏。有说福岛左卫门太夫经过，于马上厉声叱责：汝起无益之乱，落此下场。父亲毫无惧色，孤傲直仰答曰："某武运不佳，可惜未能这般生擒汝等。"有说福岛大人后，黑田甲斐守大人途经见状郑重下马示意：汝时运不佳，意外。且体恤般脱下身着短褂，披在父亲身上。又传说筑前中纳言——背叛者小早川本可止步，却为一睹父亲惨状，不顾他人劝阻，悄悄凑前观望。父亲怒目瞪视，厉斥秀秋："吾不知汝有二心失策败之。汝忘太阁高恩，背信弃义，关原大战叛变，无耻！"中纳言面红耳赤，无言以对退去。又说内府德川大人为父亲松绑，厚礼相待，父

---

① 今滋贺县县政厅所在城市。位于琵琶湖西南岸，古时为湖上交通及南来北往之要塞。
② 日本名刀品牌。但据记述应为"贞宗短刀"，贞宗为古时名匠，于滋贺县炼铁屋习技艺，锻造各类名刀。石田三成的此短刀现存于东京国立博物馆。

亲本为五奉行之一，便以佐和山二十三万石规格待之。父亲由本多大人监押，他对父亲说："秀赖年幼不晓事故，汝却发起无端之战，受此绑缚之辱，实为笑柄。"父亲答曰："非也，吾顾天下形势，不灭德川无利丰臣家，于是说服各路大名①，纠集兵力。遗憾亦有勉为其难之徒入伙，紧要关头内通外敌，以致原有胜算的战事落败。"本多又言："智将考虑人和，审时度势。未顾诸将同心同德，草率起事战败，不自尽反受缚，一反汝之常态。汝乃全然不知武略者也，言大将之道亦无用。"闻此言，父亲噤口无语。每日类似传闻入耳。二十六日，内府大人见秀赖殿下赴大坂正门，传说父亲也被同时押往大坂。路上由柴田左近、松平淡路护卫。父亲与小西大人及安国寺大人一起，脖上套着铁枷，乘于囚车。一到大坂便全城游街。后被送至堺町，同样全城巡游。传说翌日押回京都。

尚有诸般传闻。父亲及摄津大人、安国寺大人被捕时衣衫褴褛，俨然一副败军之态，乘车时德川大人见状："此三人均一国一城之主，尤其治部少辅掌管天下政务，兵败无处安身乃武门常事，非耻辱也。现这般褴褛衣裳游历京城大坂，非吾等同样武士之意。"于是赠予三人窄袖和服。摄津守与安国寺欣然领受，父亲却露不解神情："谁人所赠？"傍者答曰："江户殿下赐物也。"父亲又问："江户殿下何人？"对方再次答曰："德川大人也。"父亲闻之无畏惧嘲笑："德川大人何称殿下？殿下者秀赖殿下无他也。"

父亲乃太阁殿下爱臣，出身微贱，非凡发达，女儿眼中唯一伟男，如今刀枪受挫，却反骨铮铮不屈德川威势。此乃平日父亲风范，各传闻定然属实。念及刚强面容的父亲拘于囚车，脖套铁枷，

---

① 诸侯。

游历于大坂、堺町，内心酸楚悲哀，无以言表。同时心中充满壮烈之感。即便战败亦精神不倒的父亲，比摄津守大人安国寺大人伟大得多，或可谓之为英雄本色。这样的父亲却被押强行游街，沿途遭受污言秽语，惨不忍睹。懦弱的女儿仅想象都毛骨悚然。而父亲苍白的脸上，据说却浮现着坦然傲然的微笑。大义凛然。当得知父亲又被送来京都，押于同城近处的代理所司①奥平大人私宅，既有怀念之情，又有畏葸之感——仿佛置身于恐惧之物近前。就这样时日推移至十月朔日，终于街头巷尾到处游街后，于七条河原斩首。最终，她也未能决意去与父亲辞别，站在别处见其今生最后一面。整日与乳母畏缩家中。后闻言，第一辆囚车是父亲，第二辆是安国寺，第三辆则是小西摄津守，囚车沿一条十字南下，室町大街出寺町，至七条河原。观望群众满街，皆远近聚来贵贱男女。父亲至死刚强不屈。砍头前，七条道场高僧诵经念佛，父亲断然拒绝——
"免了!"

---

① 侍所长官。

其　三

　　父亲等三人头颅与水口城自尽的长束大藏大辅头颅一起，一度悬于三条桥一隅。三天之后一日，乳母提议：

　　"走，外面风声已静，今日去冥拜父亲大人吧。"

　　乳母也曾考虑，让孩子去见行刑后的父亲妥否。居处遥远又当别论。父亲绝命于近在咫尺的京都河原——京城借宿至近处，或亦证明父女情缘未断。公主自然想见父亲，于是一同前往。令人叹息，父亲终前竟拒绝了高僧诵经念佛。乳母曰："公主去祈冥福吧。父亲大人会异常高兴。任何高僧法师的诵经念佛都无可比拟。"天色渐暗，时届黄昏，她们避人耳目悄然出发。

　　乳母言之有理。但公主心里在想：父亲果真也想见到自己吗？她做梦也不会想到，父亲几天前断头时会想到自己——"不知那孩子此时怎样？"城堡中兄弟姐妹众多，父亲从未正常与自己说话，没理由特意惦记自己的存在。临终前父亲的脑海里，大概早将之于家族的依依不舍抛至云霄外，留下的或许只是消磨未尽的霸气和遗憾。正因如此，才不屑于尘世功名，而笃信弥陀佛的慈悲。父亲不会为自己的祈愿冥福而高兴。乳母牵手的年幼女孩儿，内心漠然带

着这般思虑。天空晴朗无比，地面暮色渐浓，三日的月光皎洁。与半个月前近江①路上的逃亡比，河原的寒风同样入骨。

　　来到四人头颅前，默不作声牵着手的乳母自斗笠檐下四处探视，趁无人空隙递给她一个眼色。然后悄悄解开了斗笠绳子，从和服袖兜里掏出念珠。女孩儿学着乳母样子，蹲在地上念佛片刻，然后仰头观望上方悬挂的头颅，或许这是她初次这么正正地凝视父亲面孔。父亲面部呈现一种从未有过的表情。鼻子边上有道阴影，双目紧闭，两眼周围凹陷发暗，或许是夕阳光线的缘故。不过关原会战失败至前天处刑，半个月来的身心劳顿也使父亲有些憔悴。六天的野宿，父亲承受了饥饿、寒冷、腹泻，后又遭捆绑凌辱，坐着囚车四处游街。他要抵御诽谤，忍受屈辱，在愤怒、郁闷、悔恨的折磨中，怎会不消瘦？尽管如此，并非传闻、想象中那般懊悔形象。死者头颅传递的阴惨感觉另当别论，父亲的面容似已失去了生前的威势，完全一副超越尘世争斗的、神清气爽的感觉。仿佛在说：终于卸下了肩上重

---

① 现今滋贺县之旧诸侯国名。

负，可以松口气了。如若生前便是这般温和面容，抑或会更加仰慕这个父亲。莫非唯有"死亡"，才能使那般刚烈的父亲发生这般改变。这么想着，女孩儿心中涌出了哀伤之情。这是一种从未体验过的哀伤之情——作为女儿哀悼父亲，且伤感于父亲的死于非命。

"知你依依不舍，可一直站立此处，路人会起疑。拜完了就快些回吧。趁天还没黑。"

女孩儿按顺序对着三颗头颅默祈，又一次回到父亲面前呆伫片刻。突然问乳母：

"姆妈，那是什么？"

她指着头颅旁立着的白木小牌子问道。其实，女孩儿一直在渐趋昏暗的暮色中，在一弯新月的微光下留意牌子上像似和歌的文字。

治部爷石田，
知行所①早无三成。

① 主君赐予家臣的领地。

31

和歌文句如上。但当时的女孩儿并不知晓，那是有人在恶作剧，胡写乱画嘲弄父亲之死。

"公主……"

乳母或许早就看到了那个牌子，只是不想让公主留意上面的文字。

"走吧。夜路不安全！快些回去吧。"

说完，突然用力拽起女孩儿的小手。

"可是，那个……到底写的什么呀？"

小孩儿都是一个毛病，大人越想岔开，小孩儿越想知其缘由。她就是不愿离开。看看牌子上的和歌，又望望父亲的首级。诗句中写有"治部"、"石田"、"三成"字样，一定跟父亲相关，说父亲什么了？依女孩儿的智慧，无法解释和歌语句的诙谐。

"哎，姆妈，这是和歌么？"

"嗨，胡写乱画。"

"写的是父亲对吧？唉，对不对？"

一不小心，竟在这样的地方说漏了嘴——"父亲！"吓得她捂上了嘴。乳母说时迟那时快……

"嘘——！"

而后将女孩儿的身体拉近前，以无声代替叱责，在斗笠下瞪了她一眼。就在这时，两人身后，有人两步三脚出乎意外地走近前来。

"喂——"

来者搭话道。

"喂——"

乳母未做任何应答，只是将面朝来者的斗笠帽檐往下拉了拉，并将女孩儿紧紧搂在怀中。乳母担心的不仅是刚才的话语被听到，更让她吃惊的是有人悄无声息地突然走近。即便是要问什么，也不必如此贴近。简直无礼。她不想让对方看到自己，自己也便无法看到对方。来者相貌不明。不过闻其蹒跚无力的步履及嘶哑嗓音，料想是老人。

"夫人，冒昧，拜望治部大人御首么？"

没有答复。人影又问：

"——不再问了。谨望夫人赐告，御首何处？面朝何方？喏，请看，愚僧目盲，无须疑虑。"

果真是盲目法师吗？不可掉以轻心。莫非佯装目盲，窥视他人究竟？此人来自何方？盲人缘何在这个时候独自一人现身于此？乳母半信半疑。先将女孩儿揽藏身后，回头仰视发话者。只见淡淡月光下，一乞丐模样的男子身着污秽不洁的衣裳，手拄拐杖站在那里。自称"愚僧"，或为僧人打扮？除去衣领处挂着大颗粒的串珠外，身上衣衫的袖口、衣裾业已磨破，很难看出是不是法衣，头发也是乱蓬蓬的。并且，似乎要再次证实自己是盲人，那长者挺起了胸脯，将自己的面部迎向月光。

他满脸胡须，看似未曾用过剃刀。他脸上双目紧闭，月光照射下，但见面部消瘦尽是污垢，难以估摸实际年龄，或许……未必真是上了年纪的老人吧。以为是老人，或因其目盲、步履蹒跚且嗓音老态。奇怪！乳母觉着眼前这蹊跷的乞丐和尚似曾相识。自打到了京都，公主自是闷在家中，乳母则每日到街上了解各类传闻。她终于想了起来，时常在路上与这个和尚擦肩而过，且并非一次两次。原来如此，三条河原①那儿有个小屋，住着名曰"顺庆"的修行者。

至此，偏离《闻书》内容稍作注释。有关此刻出现在女孩儿与乳母面前的名曰"顺庆"的修行者，在其他文献中亦有记载，确存此人。当时在顺庆小屋即三条河原处立一石塔，刻有"秀次恶逆冢文禄四年七月十四日"字样，据说顺庆在那石塔旁结草为庵，早晚为秀次及其一族祈冥福。石塔下葬有秀次头颅及其子女妻妾遗骸。文禄四年秋，乃为秀次遗族数十人砍头之处。依据京都瑞泉寺由来记载：顺庆死后，该石塔被洪水冲垮，后无人凭吊造访，庆长十六年角仓了以②开拓高濑川时怜其荒芜，重修坟冢除"恶逆"二字。角仓了以请誓愿寺中兴教高僧为主持，授死者以佛名并镌于无缘塔，同时用大佛殿③得到的建筑剩材及聚乐第④的建筑材料，创建一寺，经幕府许可称号为"慈周山瑞泉寺"。现今瑞泉寺则为顺庆草庵旧址，往昔加茂河原颇宽。那么顺庆何故替秀次一族看坟呢？后见分晓。按《闻书》记载，其为盲人。

当时世间将"恶逆冢"俗称为"畜生冢"，修行者被称为"畜生冢顺庆"，三条一带无人不知。顺庆常由十四五岁小僧牵引徜徉于

---

① 位于京都市内。
② 角仓了以（1554—1614），战国时期（约 1467—1573）的京都豪商。以私财开拓了大堰川和高濑川，并尊幕府之命开拓了富士川和天龙川等。在故乡京都其被看成是"水上运输之父"。
③ 指奈良东大寺之大佛殿。
④ 丰臣秀吉就任关白（摄政王）时，于京都内野（京都市上京区西南部至中京区的古时地名）皇居修建的大宅邸。建筑耗时一年。

京都街头，或于人家门口诵经，或被请入室内护佑祈祷，每日略得施舍以糊口。偶亦如今日一般，独自蹭磨至河原、桥边，凭栏俯首，以盲目俯瞰河水之流淌。大凡此时，他总自言自语发呢喃语，引得路人止步侧耳。其为修行者，路人以为是在念诵咒语或陀罗尼。其实非也。有人听出其以平素话语在诉说。渐渐地街人开始悄悄凑近其身边，注意倾听其自语。

　　　　天下为天子之天下。关白家罪过应归关白。合理正当。不可似百姓妻儿，自由处置，以致今日狼藉。终入无可嘉许之政道。吁，因果之缘切记。

随之反复三两遍吟诵和歌：

　　　　凡俗人世间，
　　　　不昧因果小车行，
　　　　善恶共轮回。

　　发音不清晰，似自言自语。听一两遍，仍不明。一两年前其于"畜生冢"边搭起茅草庐，天长日久总是重复同样的语句，听的人多了判明为前述言语。渐

渐地市民将其看作怪人或疯子，不愿唤其入室或布施，于是盲僧穷困潦倒，近几沦为乞丐。又及，盲僧竟由何处至此桥下不明，观其念诵上面词句，抑或杀生关白①遗臣亦未可知。总之昭然若揭的是，其怜悯关白及一族死于非命，责难残酷刑法之政道，诅咒丰臣家天下。那么，谁都不愿与这口诵危险言词的修行者有瓜葛。乳母明白此人是顺庆，便稍稍松了口气。但在这种地方被恶人抓住把柄，仍是心中不悦：

"哦，你是那畜生冢的……"

说了半句，立即顿住。

"是啊。"

面向月光的脸再次转向乳母，下巴支在长长的拐杖头上。

"见过愚僧？想必这一带人。多谢至此。令人钦佩啊。"

"哪里，哪里……"

---

① 指丰臣秀次。

乳母忙否认。不等对方再发问，她伸手扶住了修行者的拐杖。

"我们路过于此。并非祈拜。您问的头颅……"

乳母这么说着转开了盲僧的话题。

"我说……在这儿呢，请您面对这个方向祈拜吧。"

乳母客气地告诉他后，默默向女孩儿挥挥手，以眼神示意：

"哎，快走吧。"

但是，被领到首级位置的修行者不知为何……并未立即祈拜。听见背后三步并作两步的草屦声时，他说：

"莫非……"

乳母又回过头去。

"冒失请问，你们或与治部大人有关？"

"不，哪里……"

乳母慌忙制止对方。

"可是夫人，愚僧无意听到了对话。说实话吧。"

一经点破，乳母不禁浑身颤抖起来，但仍沉默不语。盲僧或亦察觉，深深叹了口气。

"唉，我很清楚，你们草木皆兵，冷不丁在此被问，当然不会告诉我。但是，唉……夫人，愚僧很久以前便识治部大人，既有感恩之情，亦有怨恨之意。可目前已成定局，唯有祈祷来生。一念尚存。愚僧时常自言自语赋诗，听过的吧？"

说着修行者与往常自言自语的情形不同，缓缓地带有悲哀的情调吟咏了两遍诗句——

　　凡俗人世间，
　　不昧因果小车行。

"怎样？这首和歌的真意，世人明白了吧。愚僧赋此诗，非昨日今日，回想起来，已是六年之前——难以忘怀的文禄乙未之秋，关白大人一族被灭……"

盲人对他人讲述时，或也看不见对方，因此总像自言自语。乳母若趁修行者自言自语，想溜走是可以溜走的。但不知为何，眼前法师专注地倾诉，竟一时留住了她的脚步。女孩儿更是有过之而无不及。修行者的述说，直至她成人的记忆都恍在眼前。随着年龄的增长，她才逐渐地得以理解。可是当时，却无法完全理解盲僧感伤的语调和述说的内容，只是恐怖与好奇各半。此乃何人？她紧扯乳母衣袖抬头仰望修行者面孔。那面孔完全罩在月光的阴影下，跟背景高台处父亲的头颅无甚大差别。

"——唉，那时的事儿，眼前的小公主或许不知道，但妇人记忆犹新吧。那个、那个三条的桥下，悬挂着关白大人的首级，后来他一家老少、妇人也被拽了出来，他们无有罪过，却一个个都被杀掉。哎哟，那时跟此时一样，桥上桥下围观者人山人海。愚僧无法挤入人群，目盲却想为可怜人的临终祈祷。在人群的推挤下总算来到刑场边，妇女们的哭泣声，看客们说三道四的议论，统统灌入耳际。于是得知，就在这河原掘了二十间①大小的四方形壕坑，四周用竹枝条扎围，关白大人的头颅面朝西置于围中。八月二日清晨，可爱的孩子及年轻的美人，三两人一车均被拉至市上游街，然后统统塞进了那个壕坑。下令施行那般暴行者，或许正是太阁老爷！唉，夫人，即便是关白大人子嗣家眷，处刑也该有个适当礼法，围子外观望的看客议论纷纷，那样滥加羞辱，妥否？所有人都诅咒当时的执行者治部少辅。那个，——唉，听啊，那个治部大人，就在六年前羞辱关白大人、悬头曝尸的附近桥边，变成了同一个模样儿，这不是因果报应又是什么？"

盲僧加重语气，似有痰卡住，患有哮喘似的喉咙处发出呼哧呼哧的响声，停顿了一下。法师是町人们传说的疯子吗？今宵头次见其面闻其声，这么面对面地听其诉说，称其怪人或许是没错的，但断然不是疯子。乳母原本拉着女孩儿要走，却原样姿势留了下来，

---

① 一间相当于 1.83 米，二十间约 37 米。

想听他说些什么，结果逐渐被吸引。本来乳母有点儿担忧，既然听到了她们对话，便想知道叫住她们出于何意。至此，确切无疑对方并无恶意。像似觉察出这是石田家人，才有话要说。询问了头颅的方位却不祈拜，特意近前搭话。乳母觉得，他不过是找个借口说话。自己和公主，则错失了回家的时机。

"恕我直言，彼时世间传言，关白大人遭厄运乃治部大人进谗言。在两位面前言及于此多少失礼。治部大人受太阁老爷恩宠，遂心如愿，掌管天下。即便有谋反之嫌，好歹调解为好。而他，却貌似忠义，小题大做，将关白的罪状加倍夸大。他向老爷进蛊惑之言，火上浇油，致骨肉相残之争——呀，抱歉，或许并非事实，但世人皆做如是想。还有，为何要剥夺那些稚童、妇人的生命呢？若是老爷的意图也罢。但世间皆知，那是治部大人授意。愚僧想：老爷也罢，治部大人也罢，施酷刑遭人憎恨，定有恶报应。不久将来，定然恶有恶报。故吟此和歌。您看，老爷转眼逝去，治部大人又是如此下场，不正如那和歌所示嘛。虽是可怜，却是彼时自己种下的祸根，一切一切必涉因缘命运。哎，二位理解愚僧所言吧？"

"啊，道理虽说如此……"

乳母总算说出一句话。感觉主人委屈却语塞。平日里总是小心谨慎。无论别人怎么说自己的主人，她都不还嘴，老老实实倾听。……自己绝不能稀里糊涂上了圈套。但眼下盲僧言辞过激，不由得回了一句。

"……既是出家人，怎可这般辱没他界之人？"

"啊，唉……"

"莫非您也留有遗恨？"

"啊，唉，如您所言。愚僧现乃出家之人，对治部大人已无丁点憎恨。使您心生此念，证明……虽剃度出家，毕竟凡夫俗子。敬请宥谅。"

说着，行者又点头自语……

"啊，是啊，是啊。"

他接着说："别说辱没他人，回忆往事，愚僧亦感无比耻辱。如今说什么都无济于事，眼睛瞎了，沦为乞丐，皆自身恶孽所致，怨不得他人。更何况治部大人曾为主上，怨恨当遭天罚。"

"哎，您是……"

乳母不禁追问。修行者无精打采地垂下头，像是远方疲惫不堪的来客，整个身子都挂在了拐杖上。

"没错。很久以前，贫僧乃侍奉治部大人的武士。咎由自取沦落。时运未改的话，本应奉同大人出征，为已逝的君主效劳建功。未能如愿，不胜悲戚。而人各有志，浮世万变。懊悔无益。"

"那，请问尊姓大名？"

41

"还需要自报姓名吗？……"

说到这里，雁过长啼，行者似被啼声吸引，仰望天空。

"……唉，容我慢慢说来。愚僧猜度，二位是治部大人眷属，便有许多话说。街上人皆言贫僧癫，无人认真听取。所以，至今从未言及自己身世。二位愿听，贫僧也一扫积郁。唉，拜托了。"

行者请求般地说道。

"尔等知晓，愚僧在畜生冢旁结草为庵，为关白大人一族吊祈冥福。为何如此？身为治部大人贴身武士，为何双目失明，丢掉俸禄，如此贫困潦倒？贫僧欲一一述说予有心之人，即便不获同情，亦望有人记住此世曾有愚僧这般蠢人，竟会在这个桥畔，在已逝御主大人首级前与尔等不测而遇。此必佛陀引导。尤其是站在这里的小公主——"

他接着说，

"再说，唉……"

其盲目转向了女孩儿一边。

"愚僧了解小公主。尊贵的公主往后可要吃苦了。不过这个世上，还有比您遭遇更惨的孩子。那些孩子的父亲是高贵的'关白大人'，住在豪华的宫殿'聚乐第'，却在愚僧旧主石田治部少辅算计下，被戮于那座桥下。愚僧最想将那段故事讲给小公主听……"

女孩儿紧紧偎

在乳母身边，仰脸看着修行者和乳母的脸。这盲僧让人觉得有点儿可惧。乳母此时，似乎也不知如何应对为好。修行者所言是真，那么侍奉同一君主的武士如此沦落，不禁同病相怜地生出悲悯之情。何况她无法断然拒绝如此热情的攀谈者，本意也想知道大人的往事。起初的困惑犹豫终究化为乌有。时间一分一秒推移至此。乳母摸摸女孩儿的衣袖，夜露衣物泛潮、加重。想想天意渐冷，不能让孩子感冒。更重要的是，太晚不回客店，店主会担心的。秋夜漫长，盲僧或将长叙至天明。

其　四

　　两人踌躇，行者便建议曰：的确，不可于此时此地立谈过久，二位担心夜之归途吧？不敢强求，能否随愚僧绕道畜生冢？二位祈福治部少辅大人来世，最重要的是，先为关白大人一族祈冥福。关白一族至今仍于草叶下怨恨治部大人。抚慰怨灵乃我佛无量功德。不会占用很长时间。然后二位返回客店。宿愚僧草庵歇息至天明，亦无碍。

　　此提议无疑使乳母动心。已故大人未经法师念佛令之忧虑。此提案不可置之不理。即便不是那样，她也担心大人落入地狱。在畜生冢亡灵的诅咒下，何以成佛？此乃天赐良机。乳母心想。便催促神色不安的女孩儿，随行者走下河原。但那晚拜过畜生冢，是借宿行者草庵还是回了客店，《闻书》中无详细记载。详情怎样，无须拘泥。重要的是那晚以后，女孩儿、乳母每日必至三条桥畔，拜谒父亲后顺便也去畜生冢，并于行者庵少憩。前面提及，三成遗骸后入殓大德寺。没缘由始终曝尸于桥畔。二人不能再拜父亲首级后，仍时时去畜生冢供奉香华，并带食物予修行者。首要目的自然是抚慰秀次等亡灵。随着与盲僧渐渐稔熟，与其说是参拜亡灵，不如说那些往事深具吸引力。一有见面机会便听他悠悠述说，尤其是他自

己的前半生经历。

　　说到草庵，会令读者联想到"风流雅致"。但当时河原一带建有许多流浪者小屋，顺庆的茅庐想必亦属乞丐小屋。顺庆与一小僧同住。女孩儿跟乳母前去拜访时，小僧平日晦暗的面容也会露出些许明快。

　　"今天也去参拜了么？钦佩。"

　　有时则会说：

　　"辛苦了，不胜感激。"

　　像是在参拜他的亲属一般。

　　依女孩儿记忆，顺庆常将其抱至膝盖，抚摸着她的头发和面颊说："好可爱的小公主啊！"女孩儿却有某种莫名的恐惧。"长得胖嘟嘟啊。"疼爱自然是好事，但污垢衣衫的盲僧行者身上散发出一股难闻的怪味儿，还用厚皮粗糙的手掌拨弄她的头发，抚摸她的面颊。此时说点儿什么还好，有时只是长时间默不作声地抚摸。盲人当然只有这种方式，才能领会女孩儿的可爱乖巧。这或许也是盲人的一个特权——悄然享用柔软发丝和细腻肌肤。公主当时绝无恶感。因为盲僧

似在心驰远方，想着别的事情。有时还吧嗒地从失明的眼睛里落下眼泪。一次女孩儿"哎"了一声，拂去落于头上的泪珠。

"……为何哭啊？"

说着扭头看看行者。行者慌忙说：

"喔，对不起。"

然后一把抱住女孩儿，用长满胡须的脸摩挲她的面颊。

"小公主啊——，这么抚摸小公主的头发，不知为何想起了悲哀的往事。小公主毕竟顺顺当当长大成人。"

这么说着，泪水又扑簌簌落下来。

盲僧行者一开始便称女孩儿"小公主"，显然对治部少辅难以忘怀。女孩儿记忆不清的是，乳母是否将真实的情形告诉了他？还是根本未曾述及她们的真实身份，只是自然地肯定了行者的推测呢？总之行者无时无刻不意识到，是在面对石田一族讲话。以下便是他的回顾谈。盲僧行者的口述零零落落，没有前后连贯的顺序，依据当日偶发心绪讲述。有时问答形式，有时则兴致盎然即兴而发。女孩儿成人后把那些讲述整编成了完整的物语。《闻书》的撰者

——源太夫从嵯峨尼姑那儿听到的，正是她脑海中重新编辑的故事，并非顺庆的直接讲述。必须明白这个前提。而笔者拟再度将前述故事传达给现代读者，困惑的是不知选择如何形式才好。

既非盲人之直接讲述，是否应以盲人的自述口吻撰写呢？还是应以尼姑讲述予源太夫听的笔调？无论哪种方式，皆有一个缺陷，前文与后面部分难以衔接。原想从尼姑接近盲人的过程写起，切入盲人的自身经历，两项之间避免断裂，以期自然顺畅的过渡。如此，还是应模仿《闻书》的写作方式，直接法与间接法适宜交织。然物语的性质决定，基本仰赖盲人表述的直接法更加合适，结果只好随他的故事叙述而展开。言归正传，名曰顺庆的盲人行者未盲之时，乃名为"下妻左卫门尉某某"的武士。原本侍奉石田家，后因故眼盲，性来喜好音曲、杂艺，后为关白秀次包雇座上客。此乃对外一般说法。其被石田家赶出成为浪人，尚有其他真实缘由。盖左卫门尉受主人三成密旨，为探当时已有种种流言的秀次一家动静虚实，也是作为奸细奉命潜入聚乐第。受此委命，无疑深得主人三成信赖。如前所述，其喜好乐曲，加之与当时的盲人乐师总监、颇具名望的伊豆圆一密交。这些都是三成选定他的重要理由。战国时赴敌国执行间谍任务者，绝非凡常武士，乐师常为第一选择。乐师多为盲艺人，助兴为专职，乃全然不具武力的残疾人，会让人松懈警惕。即便是警备森严的诸侯家宅，往往亦出乎意外地轻易出入。多有机会侍奉主人左右，甚或接触贵妇人。诸书散见当时武将安插盲乐师为间谍的事例，尤其脍炙人口的正是陶晴贤①派盲人法师为间

---

① 陶晴贤（1521—1555），战国时期武将，周防大内家重臣，具有卓越军事才能，被誉为西国无双之将。因其强权政治及其自以为是之性格遭到周围的反感，在大内家逐渐孤立，终于起兵讨伐主君大内义隆。毛利元就等与大内义隆结友有同盟关系，于是与毛利对立。受毛利之计谋，于严岛战败自杀。

谍，刺探毛利元就①行动的故事。老奸巨猾的元就觉察敌方间谍，以反间苦肉计诱歼晴贤于严岛。另有小田原②北条早云曾发告示：盲人不可用，捕领地内所有盲人沉入海底。且在闻言逃出领地的盲人中秘密安插自己的密探。此外传说，甲斐③的武田信玄④为扫荡德川方面的奸细，将其领地之内的八百盲人斩尽杀绝。在《续续群书类从第十教育部》⑤所载北条幻庵备忘录中，亦有一段告诫女佣接近盲人危险的内容。

　　一、盲人乐师伺候，应赐酒与薪酬。尔等须知，诚恳

---

① 毛利元就（1497—1571），活跃于室町时代后期至战国时代，为安艺国之诸侯领主。将安艺小国版图扩充至整个中国地区，并成为战国时代著名将领之一。其外号"谋神"，乃善用各种谋略的罕见的策略家。
② 今神奈川县之西南部。战国时代为北条氏之诸侯国。
③ 今山梨县之西部。
④ 武田信玄（1521—1573），战国时代甲斐国诸侯。
⑤ 明治四十年国书刊行会出版，颇受当时的学术界欢迎。收录之古典研究资料分神祇、史传、记录、法制、地理、教育、宗教、诗文、歌文、杂等十部。

殷勤伺之可，狎昵遭灾。切记之，盲人乐师毕竟男者，无女
佣偕同禁入内。（中略）近年，盲人乐师可至深宫后院，自
由过度。为诸侯国之平安，不可任其一人妄动。普通庶民，
则可安心，无有烦恼。自幼相识或老年重臣，虽行为鲁莽，
态度亲切一视同仁。嬉皮笑脸之盲人乐师，同席于三献飨
宴，可于飨宴一旁施予，或于飨宴之后施予。好生待之。

此笔者幻庵，北条早云之子，名长纲，法名宗哲。天正十七年
九十七岁寿终正寝。传此文赠予北条氏康之女，即写给幻庵侄女嫁
武藏国①世田谷之吉良氏朝②时的赠言。"近年，盲人乐师可至深宫
后院，自由过度。"由此可见，虽是家臣，男子禁入珠帘内部，盲
人乐师却可自由进出。幻庵忧患此风俗存下祸根，便有如是言说：
"盲人乐师毕竟男者，无女佣偕同禁入内。"又有"狎昵遭灾"、"嬉
皮笑脸"之说。赐予酒肴，也得"飨宴一旁或飨宴之后"云云。甚
至警示，小节谨慎。而长年雇佣之百姓，清白笃信者不在其列，
"则可安心，无有烦恼"，绝对不在禁止之列。

言及北条早云及幻庵，顺便记述下妻左卫门尉之师"伊豆圆
一"。见中山太郎著《日本盲人史》之"本朝盲人传"：

圆一本姓伊豆，其父乃土屋昌远，母为菅沼氏。其父
昌远即武田信虎③，圆一随父赴京都后因患眼疾，双目失

---

① 今东京都与琦玉县等处。
② 吉良氏朝（1573—1603），战国时代之武将。
③ 武田信虎（1498—1579），战国时代之武将，甲斐国诸侯，武田信玄之父。

明。乃伴母至远江国①井伊谷②，寓舅父菅沼治郎右卫门忠久家。后归属德川家康之今川义元③门下，侍其左右，又效力于义元之子氏真。家康与氏真不和，再赴小田原，侍北条氏政④，更名氏政圆一，曾赴京都任最高盲人官职"检校"。圆一渡三河⑤，见家康，受赐黄金赏金。永禄年⑥中为家康圆一，家康密授其归井伊谷之"菅沼治郎右卫门忠久"、"近藤石见守秀用"、"铃木三郎太夫重长"麾下，并遣使者至三家宣读诏谕。圆一至井伊谷后，得三人答复回禀家康。后返小田原。天正十八年小田原城池陷落，氏政临终，召其族人。彼时圆一亦侍身旁。众欲救助家康圆

① 今静冈县西部地区。
② 今静冈县滨松市北区，为旧诸侯领地。
③ 今川义元（1519—1560），战国时代之武将，为守护骏河国及远江国（现今静冈县地区）之诸侯。
④ 北条氏政（1538—1590），战国时代之武将，为关东一带之霸主。
⑤ 今爱知县东部。
⑥ 即一五五八至一五七〇年。

一，以井伊兵部少辅直政的名义，遣其出城。氏政向圆一诵辞世之句，令其以"朝比奈左近宗利"的名义护邸。庆长五年石田三成举兵，遣使洛中（京都城中），一族居关原①。圆一家族亦多居关原，受命将妻儿转移大坂②，未从。（中略）圆一后为总检校，（中略）元和七年十二月二十五日逝于京都，寿八十一，谥号诚江。（中略）据传圆一为唐人女官亲戚云云。

另有一说：圆一为家康间谍，入甲斐探武田家机密。据传信玄斩尽杀绝领地内八百盲人，正因此缘由。一如传闻，圆一乃家康唐人爱妾之亲缘，受德川、今川、北条庇护亦非偶然。不管怎样，穿梭于反复无常诸侯之间，明里声称乐游艺人，暗里操副业刺探军情。实乃典型的盲人乐师。受三成之命立志于此业的盲僧行者顺庆

---

① 今岐阜县西南端。
② 同大阪。

即当时的武士下妻左卫门尉，幸与圆一过往甚密，短期内便借力荣任当道瞽官。

当道乃盲人组织，今日亦将筝曲、地方歌谣称之为"当道音乐"，并非新鲜词语。当时的盲人组合，正是以平家琵琶曲、净瑠璃、表白及其他多种曲艺为生计，机构中有所谓"座"，分四官位即"检校"、"别当"、"勾当"、"座头"，四个官位中又分出十六个级别。于是乎，左卫门尉虽是盲人，却精于曲乐。若未加入前述"座"，获得"当道"官位，则无法出入达官显贵宅邸。那般官位通常要出金买取，须向统领组织的久我右大臣①和机构方交纳大笔捐税。

可见那是全国盲人之憧憬。备后国②神石郡插秧歌里有这样一段：

---

① 律令制度中太政官下是左大臣，紧接着便是右大臣，乃掌管实权者，又称"右丞相"。
② 今广岛县东部。

小子要进京，

搁下琵琶箱。

尔后叮叮咚，

自弹徒慰伤。

　　说的是乡下盲人凑足资金，身捎琵琶箱，为购盲官，登进京路
程，却在途中遭遇路贼或强盗。此乃传说故事中常有情节。左卫门
尉因何缘故识得圆一不详，但是据说，多亏圆一，他才轻易获得勾
当官位，更名为薮原辰一，自文禄二年，不时应招聚乐城。以后居
于城堡。圆一成为总检校是庆长年间①。当时各诸侯皆有自己的御
用乐师。而拥有政治背景的一流盲乐师，才能在组织中行使权力。
可想而知，大方三成之邸时有名流乐师出入。圆一或亦秘密受命于
三成，才斡旋、推举左卫门尉入关白邸。就是说，他不仅使左卫门

---

① 即一五九六至一六一五年。

尉成为瞽官，或亦传授密探之术。顺庆的告白令人感觉尤为奇异的是其当初并非真正的失明，只是为获"座头"资格而佯装盲人。

"实话坦白，其实愚僧当时并非盲人。那是文禄元年夏天，随同君主渡海至朝鲜国，于朝鲜的京城驻屯。翌年正月碧海馆之战打败明军，我方大获全胜。然而不久后的一天夜里，主君召见愚僧曰：避人耳目与汝密探，乃是出于信任。近有名护屋①来信，淀君夫人有孕。放心不下的是聚乐关白大人。今日本诸侯倾巢出动，跨海麇集，就连太阁殿下也远征亲历。关白大人作为掌管天下政务者，有传言趁太阁老爷远征，傲慢行事，终日耽溺荒唐放纵。其详情，三成于此远隔万水千山，亦能有所闻知。迄今为止也罢，万一幼君诞生，以后与太阁大人如何相处？想来未必如此，但也说不准会有叛逆之念。为报丰臣家御恩，忧患天下，此乃重大事项。某日夜军旅，计谋会战，肝脑涂地，却苦恼于不可专心。汝生性聪颖，擅琵琶，所幸亦有伊豆圆一深交。遣汝密返京都，佯扮盲乐师，伺机潜入聚乐。当细心观察关白大人日

---

① 佐贺县北部东松浦半岛北端沿海的村子，现为"镇西町"。丰臣秀吉出兵朝鲜时，这里为大本营。

54

常，包括城中变化。一旦发现有疑，刻不容缓禀报。欲言者唯此。"顺庆如此这般讲述了事情经过，并称出身武士门第，望有战场功名，哪怕一时解甲为盲人乐师，亦觉抱憾终身。三成则曰："非也。能上战场者不尽数，而此事唯你不可。圆满复命，胜似战场砍五六大将首级。此乃举世无双忠义哪。"闻此再三强调，无法推辞接受下来。便与主人三成合谋，装作某日会战失踪，无声无息溜出战场，经釜山返回名护屋，而后赴京都。途中开始盲人装扮，摇身变成身背琵琶赴京城的盲人法师。

但身在朝鲜的三成何时获知淀君怀孕？秀吉于天正十八年攻打小田原时书信北政所[1]，招淀君至前线。此番出征，亦携淀君至名护屋营帐。那是文禄元年三月，淀君于营帐受孕，翌年春，返回大坂。太阁在文禄二年五月二十二日给北政所信函中有这样一段文书：

> 此间时有咳气（咳嗽），未致信。致函时二九夫人（指淀君）再有身孕，可喜可庆。云云。

此函书于淀君返回大坂后，秀赖幼君诞生于同年八月三日。三成或是那年年初闻知此信，便忧患未来生变。如诞男孩，太阁、秀次会否关系微妙起来？太阁会否心生悔意将关白之位让给秀次？秀次会否亦有察觉，心生不安，多少滋生自暴自弃，更加行为暴虐？文禄二年正月五日正亲町太上皇驾崩，国民服丧，其身为关白，却怠于斋戒侍神，十六日晚餐吃了鹤肉，且时常身着盛装外出郊游狩猎。民间此时不闻鸡鸣狗叫，聚乐城却毫不检点地开办诸般宴会，

---

[1] 摄政王及关白之正室称呼。

召检按讲述平家故事①或娱乐相扑。其异常残忍之行径及荒淫宴客等丑闻，也一一报告予机敏的三成。于是密授指令予心腹武士。左卫门尉抵达京都时，为使淀君诞生男儿，各方寺院高僧正修炼大法秘法，尤其是变身男儿法。一查便知，淀君曾于五年前天正十七年五月二十七日诞生一子——鹤松，但年仅三岁夭。此次生产，足以想象太阁的焦急与世间的期待。祈祷奏效诞一男儿，举国欢呼万岁丰臣家。太阁老爷五十七岁高龄喜得子嗣，兴奋之余为见幼主，八月二十五日离开名护屋，专程返回了大坂。这样三成担忧渐为事实，左卫门尉对自己所负重要使命铭刻于心。当年秋，他又顺利获得"勾当"官位，摇身变成名为"薮原辰一"的盲乐师，不时应召聚乐城。知晓其本为石田三成手下，失踪于朝鲜战阵，秘返京都并假冒盲人者，唯伊豆圆一是也。顺庆接着叙述：

"视力健全者模仿盲者，比狂言②役者还难。更何况白天黑夜，醒来入眠，皆不可忘记，那份艰难真正难以言表。伴以幼君诞生之传闻，人们议论纷纷开始揣测关白大人结局。有人祈望平安无事。

---

① 指《平家物语》。原本完成于一二一九至一二四三年间，描写了平家一族的荣衰，以佛教之因果观及无常观为基调的叙事诗，还有琵琶法师弹奏的平曲。对军记物语、歌谣曲调、净瑠璃等后代文学有着极大的影响。
② 日本传统剧，分能乐及歌舞伎乐。

聚乐城里谣传四起。城中人自然警惕随意出入者，小心翼翼，防备暗探潜入。愚僧进城演奏自不待言。退至寓所，也不能让人觉察自己有诈。周围照顾愚僧的女童、友者、帮佣，所有的人都得认定愚僧正是盲人。面见达官贵人时，更得弦绷紧。回到自己住处放松，却是最为痛苦的煎熬。"

他突然"唉"地长叹了一口气。

"的确，那时的艰难非同一般。外表是盲人乐师，内心时刻不忘自己是下妻左卫门尉——石田治部少辅大人的家臣。彼时的奉公，较之战场上比武竞勇辛苦数倍，尚须运用大智慧。为报主君之恩，为救天下存亡，某决心最大力量探查城中动向。或许一心相通，城中上下无人怀疑，皆来捧场。愚僧受邀参加各类活动。关白大人召见自不待言，还不时应召深宫后院。此乃愚僧最初的期待。意外如愿乃是幸运。"

顺庆又接着说道。

"不言而喻，自己想要探查城中的秘密。那么与女官维持密切关系，便可获得很多消息。当时关白家的家臣中有木村常陆介大人、粟野木工助大人、熊谷大膳大人、白井备后守大人、东福寺的隆西堂大人等。不可随便探听。但女官嘴不紧不严,闲谈时可以探听各类事情。是的,文禄四年八月二日,上次死于河原的贵妇,现时长眠冢下的冤魂,总共三十四人之多。愚僧首次应召去后宫时见到很多侧室夫人。特别受宠的有仙千代丸公子之母御和子前。夫人为美浓国[①]人日比野下野守之女,十八绝命,当时年仅十六。诞幼主地位异常。其次是御百丸公子之母御辰前,乃尾张国[②]人山口松云之女,时年十七。接下来是御土丸公子之母御茶前,北野[③]梅松院之女,十七岁。另有摄津国[④]小滨法师的女儿,称中纳言又称御龟前,此夫人年过三十,虽过花季却通诸般雅兴,安详端庄,心地善良,因是公主之母,便与其他生了王子的贵妾待遇有异。这样共有五位子嗣,公主七岁,仙千代丸公子四岁,其他分别是两岁和不到一岁的稚子。"

顺庆继续说:

"但刚才说的皆为侧室。正室乃前大纳言[⑤]之女。年龄三十一二。其与乡下长大的女子不同,尊贵夫人,宫中贵族,姿态优美,面如洁雪,看似仅二十有余。"

这么说着,其眼睑现出好似追随某种幻影的表情。

话中所言正是关白秀次之正室"一台",以后法号为"德法院誓威大姊",瑞泉寺所藏画像中行年三十有余,《太阁记》记载之三十四岁属实。顺庆成为数原检校伺其左右时应是三十二岁。一台之父为太政大臣实兼[⑥]之第十一代子孙菊亭晴季右大臣,今菊亭侯爵家

---

① 今岐阜县之南部。
② 今爱知县之西部。
③ 今京都市上京区西北部。
④ 今大阪府中部地区。
⑤ 太政官次官,位于右大臣之下的高官。
⑥ 西园寺实兼(1249—1322)。

祖先，宅邸今出川故号称"今出川大人"。然而正如顺庆下面所述，夫人带来一个孩子，显然嫁予秀次并非初婚。携来女孩儿名"美屋前"，两年后在河原被砍头，年仅十三岁。以后联想，盲僧顺庆抚摸至草庵访拜的女孩儿头发，时而沉思时而流泪，或是因为想起了年龄相仿的美屋前。但美屋前的生父即一台的前夫是何人物呢？《石田军记》中记载"父亲是尾张国人"，织田信长部下。猜想虽为右大臣，当时的公卿并非拥有很大的财力权力，所以将女儿下嫁地位不高的乡下武士。或许巧合守寡，抑或强行拆散，反正成为秀次之妻。若果如此，虽贵族出身，未必会有特殊待遇。不过依嵯峨尼姑所言，顺庆回想一台夫人时，面溢感激之情。实际上，秀次三十多个妻妾中，顺庆最推崇夫人，无论何时皆不失仰慕之念。

"依愚僧所见，无论才能、风度，皆出类拔萃，夫人较之任何人，都该得到更多宠爱。却不然，谅因无子嗣。本来作为正室应受众人尊敬，然表面为人羡慕，事实徒有夫妇其名极少相见。夫人寂寥度日。城中终日酒宴，热闹非凡。夫人并不出席，总在深宫居所

郁郁寡欢。多少可以排忧解闷的是美屋前的存在。公主是夫人携来之女，当时十一岁，容貌外表竟与母亲一模一样。夫人可怜孩儿无父，爱怜有加。说来身居富丽堂皇宫殿，其实唯母女俩相依为命。母女形影不离，遇事自然相互抚慰。不知是何缘故，母女很为愚僧捧场，称愚僧辰一，时常让愚僧'说个故事排遣寂寞'。虽说有勾当之盲人乐师头衔，但那名义非常年钻研修得技艺。不知为何，却深得母女二人欣赏。本来她们想听的，或许并非琵琶弹奏。愚僧非正规乐师，讲述不了平家故事，只好天下趣闻、诸国传说充数，或者说净瑠璃见闻记事。添油加醋，手舞足蹈。母女却总是兴致勃勃，有时还快活地哈哈大笑。"

讲到这里，顺庆声调一变。

"唉，人啊，随当时境遇变化而变化。正像你们看到的，愚僧现在也是冷漠阴郁的感觉。曾几何时，武士气概尚存，堂堂耿直男人，怎可想象会去取悦女官。但在夫人母女面前，可谓使尽了浑身解数，单只为了她们快乐。我自己也感觉奇怪，哪里来的那些诙谐打趣？自然而然，信口开河，即兴编造出离奇古怪的故事。不禁怀疑，身体的什么部位安了键钮，方可发出那样奇怪的声音。"

其　五

故事到此话题一变，开始讲述太阁溺爱秀赖及伏见筑城。

"当时称秀赖公为'御捡来太子'。生下孩子先扔掉，由旁人捡来，则会平安地成长。因此照秀吉老爷尊意，安排弃置公子，再由松浦赞岐守大人捡来。因此这位公子的名字便是'捡来'，并发出通告，严令下人，不得在名字前面加上表示尊称的'御'字，直接称呼'捡来'。可是我们怎可不加尊称直呼其名，不知何时开始，还是变成了'御……太子'。"

文禄二年八月九日，太阁老爷给北政所的书信中亦提及于此。

　　旋即松浦至，如愿命其如约捡来孩子。

　　孩子名称捡来即可。告知下人，加"御"字招灾，广
而告之。

虽说那是当时的迷信，可见太阁这样的英雄为了祈念自己孩子成长，煞费苦心。然后翌年正月大兴土木，筑伏见城。乃因大坂城让给了可爱的秀赖，便须修筑自身之隐居。

在此之前，太阁曾考虑动用松永久秀①在大和志贵山修筑的多
闻城地盘。但因偏僻，重新在京坂之间物色地盘，最后定在了伏
见。这样，正月选定佐久间河内城守、泷川丰前城守、佐藤骏河城
守、水野龟助、石尾与兵卫尉、竹中贞右卫门尉六人为普请奉行
（建筑管理官），下旨道："伏见建筑工程不可疏忽，所需物品均须
列单，与石田、增长、长束②等商量之，诸事照此办理。"此六人
"诚惶诚恐接旨，浅薄无才却受宠接此莫大土木工程。"欲辞退。但
太阁一句"适合担任"，遂接旨。太阁又命石田等五大执政官传令
各诸侯国：截至二月一日，所有差役必至伏见。开工当天武士为首，
木匠、土木工、苦力等统共二十五万人聚集现场。声势浩大的沟壕

---

① 松永久秀（1510—1577），为室町后期大和之著名武将，诸侯。
② 丰臣秀吉政权时代的五大执政官：前田玄以、增田长盛、长束正家、浅野长政、石
田三成。

挖掘工程，搬运自醍醐①、山科、比叡山云母坂②的巨石……在分片
管理的工程管理官轮班监督下，沟壕的施工工程推进。

　　"本来伏见这地方，南边宇治川长堤蜿蜒环绕山麓，自大坂
而来的船只停靠良港；北边是京都郊外层层围绕、鳞次栉比的
乡间屋舍，商贾繁盛；东边沿着城边流淌着木津川，古人有
诗曰：

　　　　木津川尽头，

　　　　飘飘洒洒花连缀，

　　　　樱英过盛期。

---

① 京都伏见附近地名。
② 京都北部。

东南方向，松柏茂密青山巍峨，深处醍醐寺传远寺晚钟。连绵不断的山峰中有喜撰法师①居住的喜撰岳、三户室等，山连着山。夜晚闻听猿猴寂寞啼，老松抚琴吟。山脚下观音堂，传来三十三处拜神木鱼声。正如和歌所赋：

> 月光三室户，
> 宇治川边彻夜明，
> 击浪白波声。

有名的顺礼歌②世人皆知。于是乎，城堡上放眼望去，遥远山河如画一般尽收眼底。——平等院、扇形草坪③、塔岛④、山吹濑⑤、宇治平原、一片墨色松柏、真木钩月⑥、伏见指月等名胜古迹自不必说，西边是八幡、山崎、狐河、淀川，直至一口⑦一带，长江悠悠，千鸟啼鸣，此处彼处，远浦归帆，渔村夕照，四季风情无常变幻。观景眺望，乐此不疲。选择如此风景优美胜地以后养老。在太阁殿下的威势下，大小诸侯争相竞功，倾天下之富筑城。工程之速度、筹备之妥当，皆史无前例。有令传：木材等自木曾⑧峡谷、土佐⑨老

---

① 平安时代前期（公元794—901）的诗人，被誉为六诗仙之一。
② 又称"巡礼歌"。
③ 一一八〇年五月二十六日，奉以仁王之令举兵讨伐平氏的源赖政，兵败平氏，于宇治平等院观音堂前，将军用折扇打开，盘坐在上，念佛后自尽。
④ 镰仓时代后期，由奈良西大寺高僧睿尊法师为戒宇治川杀生之罪建立的十三层供养塔。
⑤ 地名不详。但根据古诗中所提，地点在京都的宇治。
⑥ 阴历三日时的月亮。
⑦ 京都府的丹后町、向日市一带。
⑧ 今长野县西南部，是丝柏木材的产地。
⑨ 今高知县中部。

林、高野①深山采伐，算计好头年采伐，翌夏由洪水自然冲下。又新派六位工头掌管，丝毫无有懈怠。转眼间，城堡底座的巨石围墙就垒砌了两三层，并盖建厨房、长屋。首先于山下河边堆出六十米高山坡，种满各种树木，又在松柏茂密处盖建学问所（书屋），将珠光、古市播磨守、宗珠、宗悟、绍鸥风格与千宗易、北向道陈等风格结合，风雅别致考究，并在山里用沉香长木，建起四张半席子与两张席子大小的茶室，早早请来各派茶人做茶会，讲解茶道。地炉周边用的都是沉香木，幽香飘散，使在座诸公拂杂念遁入空境。"

可是聚乐第秀次，随着这项开天辟地大工程的进展，该是怎样的心境呢？太阁历来喜好讲排场，万事都要做得十全十美。与大明国达成和议后，战场凯旋的士兵未得片刻休息，立即参与这项大工程。各国诸侯人马劳顿，归根到底，出自对于"御捡来太子"秀赖的爱。秀次眼中，伏见城堡或被视作眼前一敌国。或在这般刺激下，秀次成为我国历史上少有的暴君，并愈发变得嗜虐残暴。尽管《闻书》的主人公顺庆内心似在庇护秀次，并未一一陈述其暴虐。却也有过如下真实的描述。

"愚僧入城堡前，对关白大人所为亦有耳闻。文禄二年正月，先帝驾崩，天下一统，不得杀生。京城附近禁猎禁渔，京城甚至禁止买卖鱼禽。但关白大人不顾世间舆论，常出入北山、西山鹰猎鹿狩。不知何人之为，某岔路竖立起一个牌子，上面写道：

不惮国丧狩猎

实乃杀生关白

---

① 位于今和歌山县东北部。

　　"于是便有了'杀生关白'的称谓。不过其乱行无度的变化，是在御捡来太子诞生及伏见城堡工程开工之后。关白的暴行，愚僧并未一一目睹，属实与否不得而知。一两件事，曾有耳闻。一次关白用膳，嚼到沙子，于是唤出厨师，这般训斥：喂！你敢给主人吃沙子！那你也得吃！便抓起庭院前白沙，一把塞入厨师口中，命其把白沙一粒不剩地嚼碎吃下。厨子怕被杀头，按其命令拼命地咀嚼嘴里的白沙，直至牙根破裂口中淌血。厨师痛苦万分，面朝下跌了下去。关白大人却二话不说砍掉了他的右臂：还不想死吗?！想活的话，我让你活！可你得求我留你性命！说着又砍掉了左臂：这下怎么样?！厨子瞪起双眼，恨恨地痛骂道：你这日本头号蠢材，失去双臂，活有何用？懊悔的是自己过去拙于修行，才有你这么一个主人！你这厮！总像老头鱼似的，张着个大嘴，才会装进沙子哪！事已到此，生杀由你！结果便被斩首了。

　　"还有一次，在城堡的瞭望楼上四处张望时，他看见一个怀孕妇女筐子里采满了野地里的嫩菜，正气喘吁吁地准备拿到城里出卖，

66

换取当天的食粮。关白看到她的样子说道：'看啊，看到那个孕妇了么？那大肚子怎么隆得那么高？说不定是双胞胎，切开来看看。'关白大人有令，身边的年轻武士便将孕妇强行拽了过来。幸好当时益庵医官在旁，灵机一动，凑近女人身边，悄悄将水芹、荠菜塞进其怀中道：此女未孕，挺起肚子是因为怀里塞了大堆嫩菜，而且是个上了年纪的女人，是要把这些嫩菜拿到城里去卖的。这样巧妙地撒了个谎，大人顿时笑了起来：那就算了。就这样蒙混了过去。这样的事还有很多。有的像那个女人一样得救。但多数遭殃。据说罹患弑杀癖，只要是怀孕的女人或肥满壮实的男人，他便乐于轮番斩杀。为寻找弑杀对象，甚至每晚出门到街上试刀杀人。愚僧知其脾气暴躁，但前述暴行究竟是否属实，愚僧毕竟一次未有亲眼目睹。姑妄听之，不可全信。"

顺庆竟赞颂秀次性情优雅之一面。

"世间皆称杀生关白，称其嗜好残暴。但他出乎意料竟有优雅和蔼一面，长于和汉古书，举办连句、诗歌吟诵会。尤其和歌方面，某年春天，于吉野山举办歌会。会上作诗，至今记忆犹新。"

岁月如梭芳野山，
樱树荫下片刻栖。
翩跹垂柳半季过，
落叶花信晨沐惜。
罗汉摇枝瞬时沉，
芳野瀑花斑斓逐。

"其他赋诗有：

千早振神瞰芳野，

姹紫嫣红山麓原。

太平盛世吉野山，

斗艳樱花叹声情。

"的确，太阁殿下心血来潮芳野山赏花。陪同前往的有关白大人，还有家康公、利家公等达官贵人，文禄三年二月二十五日，从大坂出发。当时太阁老爷戴着假胡须、假眉毛，还涂了铁浆染齿，身着艳丽官服。一行人等，也都竞相装扮得华丽年轻。围观其阵势的百姓满山遍野。二十七日抵六田桥，登市之坂，大和中纳言秀俊卿在道旁搭茶屋恭候。老爷在那儿休息享用茶点后，观赏千株樱、花园、樱田、奴田山、隐身松等。并作诗如下：

芳野山上梢花竞，

辉映云雪旭日升；

谁人屋闭花木下，

今宵花前春梦萦。

"关白大人赋诗曰：

千樱花苔路，

白雪皑皑芳野山，

密连山麓春。

68

　　"接着是公卿诸侯、里村绍巴①、里村昌叱②等，各色人等皆在诗笺上濡笔，而后穿过神社的铜制牌坊③、仁王门，参拜藏王堂，瞻仰了南朝皇居④后，又去樱花岳、今熊野、达天山、圣天山、辩才天山等，观赏了群峦中的山樱。后在传说中义经⑤隐居的吉水城旅馆下榻。在那儿殿下逗留了两日，吩咐不必设警卫武士严加护卫，仅有侍童即可。备足酒菜，所有人尽兴赏花。前面提到的歌会，就是特别专设的。殿下又作诗曰：

　　　　不知不觉中，

　　　　魂牵芳野醉群华，

----

① 里村绍巴（1525—1602），室町后期著名的连歌诗人。
② 里村昌叱（1539—1603），室町后期连歌诗人，绍巴的弟子。与绍巴共同侍奉丰臣秀吉。
③ 奈良的吉野山金峰寺。
④ 南北朝时代，南朝后醍醐天皇之皇居于吉野山。
⑤ 源义经（1159—1189），平安时代后期之武将。

今日似神仙。

　　"芳野山花宴，太阁殿下极尽荣华。这次无与伦比的赏花，至今仍为佳话。当时朝鲜战争结束，国泰民安，扈从人等也欣喜这太平之春。太阁殿下与关白大人当时的关系也算和睦。而仅仅时隔一年就发生了那样的事情，世间真是无常，人生境遇真是变幻莫测啊。"

　　至于秀次何时对太阁有了叛逆之心？又缘何令之生疑？顺庆的说法如下。

　　"愚僧最初的任务就是探查，时刻留意。但对世间的风传，城堡的人们似乎亦有无形的恐惧，家臣们似忧患关白大人之未来，私下里时常议论。说可疑也算是可疑。但除此以外，并无证据。本来城中太阁老爷委派中村式部少辅大人及田中兵部大辅大人作为监护。关白大人或许感觉，两人这样那样的谏言很烦，便让他们滚远点。此事自然传入太阁殿下耳中，为大不悦之因。另外有名曰'木村常陆介'者，乃隼人佑总领大人之子，按其出身门第该委任重要差事，却被治部少辅夺取其位，怀恨在心。据说此人向秀次大人献殷勤，唆使大人谋叛。此亦真假不知。是日，大人积劳成疾闷在屋内，常陆大人趁机来后宫，让下人们退去后，凑近大人枕边小心翼翼地说：

我说的话，您不同意，可就地立斩。说罢便悄声细语道：太阁老爷的恩情比天高似海深，但前几年太子出生，不知是否我等嫉妒，总觉着您与殿下之间的关系疏远了。这么说乃因，无亲生儿子会溺爱养子。亲生儿子一旦诞生，养子就碍事了。此乃人之常情，无关乎身份高低。鄙人之见，小太子不久将满五岁，会让您事先让出关白位子来啊。接着，西边或东边给您一块偏僻的领地，以后如同流放一般啊。到那时再想怎样为时过晚。趁此威势尚在，私下对诸侯们说明内情，坦白内心，好好儿请求，或能拿起武器治国保天下。伐父弑子乃为天道。若您接受建议，鄙人周旋入伙者。太阁拔擢的武士中，有很多功勋卓越而未获恩赏者，他们憎恨不忠却得意洋洋的耀武扬威之辈。

"听他言罢，关白大人一把推开自己的枕头，端坐在褥垫上说：你说的话我知道了。虽是养子，我们是舅舅、外甥，有血缘关系的。况年幼时殿下予我莫大恩惠，怎可有那般企图？大坂、伏见皆日本首屈一指的名城啊。倘起事，全国诸侯能加盟我方者，恐不足三分之一。此话勿要再提，隔墙有耳呢。关白斩钉截铁地拒绝了。

常陆介被训斥一通，仍旧恬脸屈膝凑近前道：正如您之所言。但战斗亦靠时运，并非取决于人多人少。这样仍无胜算，就请让我一个人去办。潜入城中，取殿下性命。便无任何麻烦。他说轻而易举。关白大人仍然未应。答

曰：的确，汝乃隐身术高手。但须分时间、场合，此话不要再提。常陆介又说：您这么说，请给我三天时间，三天潜入大坂城，必于瞭望塔上取一物什予您。看了证据后，您再下决心吧。说完，便欲离去。关白大人制止道：别……切勿造次，不能说明什么，万一失败被抓住如何是好？常陆介便抱病告假，直奔大坂城而去。那晚，太阁殿下不巧去了京都伏见，值宿武士警卫森严，各关卡紧闭。常陆介仍是轻而易举潜入城内，窥测情形，传来夫人们说话声：这会儿主公该到枚方一带了吧。其咬牙切齿：将军命大，今晚宿此便了结。但就这样回去，实在可惜，便登瞭望塔，取了殿下私藏的水罐盖子，急忙返回聚乐城，拿给关白大人看。那水罐本是堺町之茶人名匠之物。名曰宗益者获取后，献予关白大人，以后又由关白大人赠送予太阁殿下。虽说不可思议，但若别的东西或许生疑，此物没错正是自己从前熟悉的水罐盖子。他沉默好一会儿，叹了口气。以后大坂城堡发现水罐盖子突然失踪，以为是何人冒失粗心，便叫金属细工匠打造了一个黄金的盖子，取而代之。事后关白大人覆灭，聚乐城堡没收，从各种器具中发现了此丢失之物，经查询，方知常陆介所为。此事来龙去脉清晰，众家臣却不知关白大人是否采纳了常陆介之谋。与中村、田中二人不同，大人跟常陆大人交往甚密。所以，或为一时迷惑听信了他的谗言。"

关乎聚乐城的故事，尚有如下传说："常陆守预谋，秀次亦动心，暗地里准备，不藉大小诸侯，愿从命者，秀次赐茶或长刀、短刀、茶具，并略施金银，此时人人心知肚明，事情败露则无性命。"秀次又向朝廷上缴了三千枚白银。五百枚敬予第一皇太子；五百枚敬准三宫藤原晴子①；五百枚敬女御藤原前子②；三百枚敬式部卿智仁亲王③；五百枚敬准三宫圣护院道澄④。而后照旧杀生妄为。时常外出猎鹿，夜不归宿。彼时总携带兵器，煞有介事。随从家臣也肩挑秘藏铠甲头盔箱，恍若奔赴战场的军队。如此这般，即便无有叛逆之心，也足以招致太阁殿下猜疑，难免获罪。

① 藤原晴子（1553—1620），正亲町天皇之第五皇太子的正房妻子。其子为后阳成天皇。
② 藤原前子（1575—1630），后阳成天皇之正房妻子。
③ 智仁亲王（1578—1629），藤原晴子之子。
④ 道澄（1544—1606），圣护院寺庙之僧侣。

"如此，吉野山赏花后，一年逝去。时至文禄四年二月中旬。某日聚乐城派来熊谷大膳大人使者，带来关白大人口信：伏见山间秋月，自古乃赋诗名所，年年如此。今秋变换方式去北山，那儿的广泽池①景色不同于伏见，风格别具。为取悦小太子，拟于八濑小原举办狩猎比赛。殿下欣然喜喜：妙案。让使者回去转告，一切由关白安排。并赐长刀一把及许多锦缎和服，大膳大人也颇觉风光地返回了聚乐城。于是，聚乐城为迎太阁殿下开始营造房屋，召集来铁匠木工，为在赏月前完工，夜以继日。但这却是惹来横祸的原因。事情发生在五月二十五日，深夜不知何人递予治部少辅府上一信匣，说是来自聚乐城，马上要去浅野弹正大人府上。又说事情紧急，返回时请予答复。说罢，便离去了。卫士将那信匣交予大人。石田治部大人见信匣上写了个'呈'字，没写名字。治部大人觉着奇怪，打开来一看，只见笔迹稚拙，像是有意让孩子写出似的。

为近期太阁殿下光临聚乐，正做各种准备。为赴北山猎鹿，各国诸侯选来弓箭、枪炮手，弓箭枪炮预备数万枚。并非用于狩猎，只为谋叛。本该当面禀告，

---

① 今京都右京区，为日本著名三泽之一。别名"遍照寺池"。

可此乃背叛，不如不说。但是不说，将使厚恩于我的殿下
面对杀身之祸。为此，恕隐姓禀报。

　　"读罢，治部大人大惊：禀告殿下。并言：关白有何宿怨呢？想
必是造谣者捣鬼，不予理睬。又想，非也，一些小节不难联想，且
先暗地盘查。同时派人禀报田中兵部大辅大人。彼时，兵部大人得
罪了关白大人，被差遣河内诸侯国主管那儿的堤坝工程。闻知治部
大人急务，连夜赶回。一到，治部大人便招呼'这边来'，来到后
院屋里，所有人退下，两人面对时，治部大人突然说道：'田兵大
人，这次可是三成救了你一命啊'。兵部大人不知所以，且说是否
弄错，不记得你曾救我。治部大人再次强调：唉，这次的重大事件，
本来你是没命了的，念平日友情，你的脑袋我给你保住喽。闻此
言，兵部大人变脸，手握刀柄曰：'何以胡言?! 像你这样恶言诋毁
不肖者，全日本绝无仅有。不过丁点儿逸言罢。若果蒙罪，也不必
你来解救，我自己去申辩。就算不得饶恕，也堂堂正正，让殿下亲
斩好了，我可不愿受无端之恩。'于是，治部大人小声道：'你是不
知详情才这么说。实话说，关白大人谋叛暴露。殿下激怒，不可
忍。中村近期，亦是因病不知情，但兵部未能察觉，说不过去。正
因戒备此事发生，才令之前往监护。会否那厮参与谋划？并言人心
难测，令速将兵部那厮诓出，令其切腹。……是我为你说情，总算
殿下息怒。喂，兵部大人，近来处境不顺，未能尽职。但关白大人
如此预谋，当略知一二，却辩称不知！即使未参与，也定然有所
察。而你迄今玩忽职守，只字未报，罪责难道不严重？而我，噢，
不，暗地里已得到了通风报信。原本心想，不至于此，但事到如今

地步，只好开始探查。我这么进言殿下，算是圆场。说客气点儿，如前所述，是我救你一命，并非言过其实。不过阁下，真的全然不知么？'兵部大人屏息跪坐，一言无发。呆愣一会儿答曰：全然不知。最近遭其冷落，从未言及于此。这么申辩内情不知，自是不可免罪。殿下雷霆合情合理。为赎罪，唯有今后尽力留心。治部闻言，让其先返河内，并说：堤坝工程他人也行嘛。殿下将去聚乐，不得一丝疏忽，须得万事俱备。且言明此乃殿下让兵部部署。于是，兵部再回城堡，以后便每日有报：'今日如何如何'，'今日又如何如何'云云。那些微不足道小事，蛛丝马迹般统统禀报于治部大人。治部大人又向殿下禀告兵部大人的诸般言说，称已昭然若揭。"

顺庆对眼前的女孩儿及乳母说：

"唉，再说几句……让我再说几句。"

他一边安抚怒形于色的两个女人，一边讲述旧主三成的离奇故事。

其　六

　　"如此似可证明，治部大人的确利用了各种各样的人，就像真事一样放出风声，将事情弄大了。你们或许会说，愚僧在编织谎言谗言三成吧。愚僧绝不会无凭无据诬陷公主的父亲大人，大恩于愚僧的旧主。刚才的讲述，乃兵部大人亲口所言。不过治部少辅大人的考虑或是，哪怕自己成为恶人，这么做，却是为忠义保护殿下及太子。于是揪住丁点儿过失，置关白大人于万劫不复。早在朝鲜的时候，就已着手准备了嘛。旁人不知内情，愚僧事后回想，许多细节可证……"

　　女孩儿和乳母听了顺庆这番话语，再度伤感起来，不时唉声叹气。

　　"你们不会忘记吧，不久前，治部大人在江州伊香郡古桥村被捕时，充当德川大人帮手的不是别人，正是那个田中兵部大辅大人。你们蔑视这个可憎的兵部大人，恩将仇报。但九泉之下的令尊大人怎么想呢？昔日自己用做工具的家伙充当敌方的爪牙，前来捕缚自己。这不是因果报应吗？令尊或许感悟，正是自己播下什么种子便将收获什么果子。怨不得旁人。"

以下顺庆开始讲述自身的情况，自己内心发生了变化。

"彼时，治部大人常遣使者于某宿处。多次受到叱责：为何这段时间没有通风报信？近期何以工作怠慢？可愚僧无凭无据，怎可乱说呢？若像田中兵部大人那样凭空捏造，罔顾事实，虚构城堡里皆为叛逆者，是会讨得治部大人欢心，但有违愚僧良心。第一年并无任何谋叛迹象，虽有一两个看不惯的家臣，但关白大人没有丝毫那样的企图，我是这样如实报告的。一日，文禄三年秋吧，有使者传信半夜悄往。愚僧蹑手蹑脚潜入治部大人宅邸。久违，朝鲜战场以来。请安后，大人一副不满表情：'怎么？左卫门尉，让你前往监视、搜集情报，已近两年，你天天观察，却总是盖印章一般重复报告无可疑迹象，并称确凿无疑。吾鞭长莫及，却在考虑你的处境。你说至今并无可疑之处。世间却有各种传言，认为关白大人并非善主。'说到这儿，大人更加恼怒地说：'问你，左卫门，有人说他每晚街上杀生，形同桀纣，这也是假的么？你怎么从未提到？'是啊，是有耳闻。但自己从未亲眼目睹啊。耳闻之事怎可上报呢？这么一

80

说，治部大人高声呵斥道：'住嘴！左卫门！即便只是一个传闻，耳闻那般暴行，为何不报告？感觉不确实，为何不追究？本非怯懦之徒，何时真心当了盲目乐师？莫非已忘三成恩义效忠关白了？'愚僧一下子拜伏在地：'不敢。从未心生此念。未及报告有罪。恭请宽恕。效忠他人云云，不敢造次。左卫门小心谨慎，佯装盲人，怎可失武士性根？但是，虽为卧底，凭空之事呈报，引太阁殿下父子对抗，致天下大乱，这才真正违背忠义之道。因此谨言慎行。今后即便琐碎之事，但凡乱为暴行，定当及时禀报。'这么额头点地请罪，才算获恕。"

说到此，露出些许踌躇神情，像是难于启齿，口中咕哝。

"公主，姆妈，你们听啊，这个名叫'顺庆'的法师，不，是'下妻左卫门尉'——治部少辅的家臣，说到底是被主君当作了一个筹码，可顺庆天生不擅卧底角色。愚僧无法陷人冤罪，不愿看到他人哭泣痛苦。庆幸自己获准入得这座城堡，关白大人及夫人们亲切

待之，为我捧场。我也感恩，诚心侍奉。这样更得人心。方便完成主君任务。结果也能显示自己对三成大人的忠义。我时时这样告诫自己。但是若说真正的问心无愧，其实内心深处，早就萌生自己也解释不清的疑窦阴影，并因此痛苦难堪。那时愚僧时时因佯装盲人，产生一种无以言传的恐惧感，也是内疚于自己的欺上瞒下。更重要的，自己的眼睛不该看见那一切。映入眼帘的世界会给自己带来灾害。面对大人尤其是在夫人面前，这种忧患更不由自主地涌现脑海，阵阵颤栗。这么说你们未必明白啊。愚僧曾在朝鲜经受异国的腥风血雨，朝夕耳闻战马嘶鸣炮声隆隆。回到久违的都城，生平初次入得夫人们的华丽宅邸。沙场上艰难困苦，对武士是家常便饭，身体且是可以承受的。比起战场上的残酷，眼前不知其踪的兰麝芳香、美艳风骚，却使愚僧倍感局促。精神拘谨，行止僵硬。更何况看得见却要佯装看不见。请你们想象一下那份痛苦。若是真盲，就轻松一些。否则，无论如何都不可能完全地视若无见。看又担心旁人发觉，只能微微眯缝着眼，通过睫毛与睫毛间窄窄的隙缝、节孔，模糊朦胧地窥视罢了。物品的色调、形状，跟睁眼所见大相径庭。金碧辉煌的墙壁、隔扇、家具以及人们身上来自中国的绫罗绸缎，美妙绝伦，恍若进入了别样世界。愚僧目之所及，玉石台阶，黄金梁柱，美轮美奂的宫殿宛若梦境，全然意外能在这样的处所奉公，精美销魂。唉，按下不谈，不经意时夫人的身姿映入眼帘，顿时像要窒息，那时隐时现、娇媚夺目的容颜不敢正视。看上一眼，便会产生低贱男人侍奉贵人之感，忙不迭俯首闪避，逃离无可饶恕的罪恶。这样表达也说明，对方是何等雍容华贵啊。最令我感到为难的是，长久侍奉，渐渐于内心之中，升腾起一个愈发强烈

的心愿——，衷心希望夫人永久平安。"

顺庆讲到此，顿了一顿说：

"唉，倘若……"

像是要稳住两个听众，他慌忙举起双手。

"如果……愚僧绝非故意冒犯，愚僧绝不会忘记了武士精神，只是一时迷恋夫人的美貌失去本心。请千万不要误会。夫人出身高贵，无论多么美丽，与愚僧又有何相干？抑或是前世有缘，第一次获准给她表演后，不曾想愚僧拙劣的演技竟令之满意，以后时常招呼愚僧表演。渐渐明白其处境不幸，便产生怜悯怜惜之心。唉，身居金阁玉楼，也会有难言的忧郁之隐呀。愚僧内心深处，对之深切的同情。"

那么，现在顺庆话语中的"处境不幸"是何意味呢？想来大概涉及夫人，即秀次的正室一台。盖此正房太太之不幸，很快成为顺庆不幸的起因。倘是如此，那才应是故事中最主要的部分，而《闻书》中就此关键部分，没有过多的叙述。那些情况，顺庆自身比任何人都清楚，却不知为何，他似乎避而不谈。他不时言及一台夫人的不幸及逆境，但仅限于抽象说明，涉及具体事项，立即王顾左右。

我想在此恭请读者注意，一台夫人嫁予秀次时带来的女儿名叫"渥美屋御前"，已在"其四"一章述及，这孩子后来跟母亲一同在京都河原被戮杀。可顺庆并不明说，只是时时述及正房太太之不幸，或许意味着她与自己带来的女儿亦即作为正妻的母亲与渥美屋御前之间，存有某种不自然的境况。《聚乐物语卷之下》之"小公子及三十余人妻妾交付洛中，附最后之事（施死刑）"一条有如下一节描述：

> 第十七名为"渥美屋御前"，据说是一台正房之女，传
> 闻被纳为妾。太阁殿下闻知大怒。乃悖天理（中略）。多方
> 求情，称乃关白之过，小女刀下留情，然未获准。

另《石田军记》"秀次公妻妾被株事附三十余人嫔妾事"一节曰：

第十七为"渥美屋御前"，言太阁深妒。临终静谧念佛。

秋意未浓枯草叶，

似引奴身赴黄泉。

又有《太阁记》所载辞世和歌：

世间多无常，

泥地闻听母子别，

同路耶欣喜。

想来，当时"恶逆冢"称作"畜生冢"，或亦因此事实民间流传。抑或在杀生关白残虐血腥的罪恶史中，与其说是谋反，乱伦之罪才加速了他的灭亡。怪不得太阁大人嫉妒与愤激。那么，成为其享乐牺牲品的可怜的母女，是以怎样的心情彼此面对的呢？她们如何面对每天的日常生活？本来顺庆没有提到有什么特殊的事情。说到夫人，只是"总待在自己居室，时常心情忧郁"。或是"因有渥美屋御前在旁"，才多少忘却了那般孤寂；还说"母女二人无依无靠，形影不离，遇事相互慰藉"。顺庆必定是想，让盖世无双的美丽的母女形象流传后世。因而多少有些庇护美化。不过母女关系出乎意外地融洽，亦不难想象。恐怕当时渥美屋御前只是充当了一个人偶。母亲只会怜悯孩子，会去忌恨吗？不难设想，降临于孩子身上的悲惨命运，反倒使母女更加亲密。

一般认为少女不应与母亲同居。但实际上，母女俩基本上一起生活。顺庆去请安，母女总是和睦地同居一室。早晚进餐自不必

说，有时还会一起做各种游戏。不难揣测，后宫里三十余妻妾，必定相互设置陷阱。母女或是为了避免闲言碎语，才显得更加融洽。作为母亲，与其哀叹自身孤独，不如怜悯女儿不幸。她更多地宽慰女儿，多少减轻女儿自责乃至脸面无光之心理。顺庆在各种场合，目睹了母女的相疼相爱。尤其在女儿伺候关白大人前，需涂脂抹粉施浓妆，母亲的无微不至感人至深。她提醒女儿当注意的诸般细节。对顺庆而言，夫人乃是神一般的存在。实际上每逢此时，她便与女儿同处镜旁，亲手为之梳理秀发，整理衣襟袖，然后让女儿站起身或坐下来，左盼右顾。时而露出愉快的表情，欣赏女儿不断成长的风姿。每在人前，母女谨慎。而在旁人绝对看不到的地方，母女俩会相拥而泣。按顺庆的说法，她们不曾将秘密泄露给自己这样不值一提的人，但侍奉一旁，总能感觉到母女俩悲切感伤的情绪。表面似开朗，阴郁的空气时时荡漾。在夫人纯真的笑靥或朗朗的笑声背后，总能感觉到某种刻意的抑制，不难察知其内心苦痛。不过，这些暂且不说，顺庆对这不幸母女真就像他自己所解释的那样——仅仅是一种同情吗？

其　七

　　欲解顺庆心理，则须弄清他主动刺破眼球真盲的过程。按照他的说法，自己处于两难之境：迎合旧主三成的愿望，硬将无罪关白诬成叛贼呢？还是违逆旧主期待，庇护关白，从而谋得正室夫人母女的幸福？犹豫再三得出的结论是：选择前者无论如何有昧良心，而不忠旧主则武士名誉扫地。思前想后，决定取失明之手段，这样二者皆说得过去。毕竟看得见，之于夫人的同情将愈发强烈，以致罔顾旧主恩义。戳瞎眼睛，乃守住自我之最佳手段。只要真盲……只要两个女人的身影不再映入眼帘，强烈的同情心便会自然地渐渐淡去。这样，也意味着向旧主赔罪。在此判断下，他毅然决然采取了行动。

　　他没有明说何时剜去了双眼，想必是被唤三成宅邸并受到叱责时。亦即文禄三年秋后不久入冬时分，或是第二年开春。拙著《春琴抄》中的佐助变成盲人，以针刺瞳仁达到目的。顺庆乃战国时期武士，因而采取了更加粗鲁的手段。据说是谎称患疾退至居所，用短刀破坏了眼球组织，伤口愈合后才去城堡侍奉。然而城堡中人一开始便对他的目盲信以为真，无人察觉其变化。通常假盲瞬间变真盲，骤然感觉迟钝，易引旁人怀疑。幸好城中惯例，从早到晚皆有向导相助，所以顺顺当当蒙混过关。看上去，顺庆与从前无甚变化，做一盲官，他尽心尽职，旁人也友善待之。如此可以说，此事算是如愿以偿。但另一方面，他设想自己内心必定发生变化，却大错而特错。他以为失去视觉，精神上的烦恼就减少了，便会如释重负。实际上全然相反。他弄瞎自己的一个目的是"不看夫人"。至少在这点上，他的期待落空了。想着不看，却比从前看得更加清楚。更糟糕的是，用肉眼看时，受到了良心的谴责；用心灵看时，则没有了任何束缚。既然不是肉眼看，就不能说是对旧主不忠，也不算是对夫人失礼。于是就不必顾虑任何人，任何时候都可以尽情凝视。比起假装盲人时眯缝眼睛，提心吊胆地窥视，现在的视野放大了许多，可以生灵活现地观看。这段时间里，关白秀次的狂暴行径变本加厉。据《太阁记》卷十七中记载：

文禄四年六月八日，秀次公率众女眷登比叡山，游宴昼夜，恶行有加。通宵达旦狩猎，鹿、猿、狸、狐、鸟类，物数莫大。一山妓称，此山乃桓武天皇草创，结界，禁杀生，断女色，望撙节。木村常陆介辩曰：我山慰我，谁人能禁？换侍者。即於南光坊调美之体。大不悦。贫僧惶恐，受命味噌酱中加鱼鸟肠。另有逾矩者。天昏暗，俄顷骤雨。其日御滞。御厨横田，借院主米五石。院主答曰："无有。"此山自古少储。坂本携来为好。其夜求粮，众皆疲惫。叱横田。辩非己过，院主无礼，厉叱之。秀次闻之，称此山自灭弗远矣。反招憎恨。

又曰：

同十五日至北野。秀次公御览，盲者一人拄杖，赐予酒。盲者不接，断其右腕。盲者惊恐，大呼救命，戏人者杀人也！秀次厉声曰：谁人助汝？熊谷大膳亮亦奈何不得！盲者察知，闻年顷此间，杀生关白岔路沿途必杀戮无疑。然戕残盲者，何等恶业！盲者大骂秀次。哀哉此身，何以苟延？快取贫僧首级，将汝杀生关白恶名传之后世。身兼国家重役，不思戮敌首级，不匡天下邪法，却自行邪法！无疑桀纣再诞。其因果几程！

《太阁记》作者在此项内容后附记曰：

有言道：不昧因果。亦有说：顺其自然。凡事命中注定，事出有因。秀次公六月八日登比叡山，暴虐之心未改。七月八日登高野山，便遭报应。十五日北野戮一盲者，正是此刀用以介错。此乃因果报应，或因果报于孙彦，或父仇子报，或己身自报。善恶之果，时到必报。世间说法，务须牢记。

秀次高野山自裁，筱部淡路守备担当"介错"。使用的是"浪游"即兼光①利刃。按照前段文字之说法，似于月前十五日，在北野戮杀一盲人时用的正是这把"浪游"。据传，为满足秀次杀戮喜好，怜悯无辜被杀者，每日从牢房提一犯人献上，大坂、伏见、京城、堺町的狱中犯人皆被杀光，哪怕微罪不足杀。

顺庆暂且不谈自身，先就秀次的结局做了交代。聚乐城里险恶计划之传言频频传至伏见。太阁殿下已无法置若罔闻，于是派宫部善祥坊大法师、前田德善院僧正、增田右卫门尉长盛、石田治部少

---

① 日本打造短剑、快刀等历史悠久之品牌。

92

辅三成、富田左近将监①五位使者赴秀次处传旨：略闻野心，当为虚传。为证明各类传言是虚，书七纸，宣誓表明心底。秀次宣誓书上回曰：全然不知也。何以那般图谋？吾居此城，唯蒙御恩。传誓书七枚，诚惶诚恐，突然之事，不明原由，召请侍从卜部兼治②请神降临，诚惶诚恐神明照鉴子虚乌有，聊以证不存野心。五位使者执此回复伏见，报告太阁。太阁心悦，疑窦消散。

　　然太阁对秀次之不信不满由来已久，根深蒂固。秀次上请梵天帝释天神，下借四大天王照鉴，信誓旦旦。但仅凭一纸誓言，是不可能收场的。彼时木村常陆介在淀负责工程，据说七月四日夜，跟五位使者似前脚后脚，乘着女官轿赶到聚乐城，轿子从厨房处直接抬入后宫内，秘密拜见了秀次，两人商量了什么后，当天夜里又返回了淀。而石田三成在常陆介家里安插了三个底探，此事立即报告

---

① 近卫府的审判官。
② 京都神社神职。

上去。另外五日，毛利右马头辉元①上书：秀次公去春，曾下令白井备后守②用此案纸作誓书，竭力辩解。其上书经由石田治部少辅禀陈。上书竟也成了证据。抑或如顺庆所言三成做了手脚。如此获知的各方报告，加之蹊跷文书，渐渐城乡间议论纷纷——父子未能直接谈判，谣言四起。为春风化冰，消除异见，和睦如初，太阁又遣使宫部善祥坊、德善院玄以僧正、中村式部少辅一、堀尾带刀先生吉晴、山内对马守五人去见秀次，望秀次匆忙来见。当时太阁不知想起了什么，唤住了正要出门的玄以僧正：

"有点儿事，让堀尾回来一下。"

堀尾返回后侧腿跪坐，脸上一副不安神色，似自言自语：

"那个闹事鬼会察觉不来……"

"那如何是好？"

太阁小声嘟哝，盯视着堀尾。

"别担心。会有良策。"

听到堀尾的果断答复，太阁含泪道：

"你又救我一命。第三次了。不胜感激啊。"

堀尾告假离开伏见城，半道称有事与其他四人分手，快马直奔三条馒头铺道彻处，秘密交代：此番事发，若幸好秀次公去了伏见则罢；不去的话，走错一步棋的我就没命了。时常给你找麻烦，紧要时刻，无暇施礼，烦将此书信交予信浓守，定会施予金银。此事不得向任何人泄露。堀尾与此人再三约定后，急忙奔聚乐而去。

---

① 毛利辉元（1553—1625），"本能寺之变"后，与丰臣秀吉讲和，成为其"五大老"重臣之一。
② 秀次身边之重臣。

面对使者，秀次进退两难，不知该否从太阁之命。忙召白井备后守、木村常陆介、熊谷大膳亮三重臣另处一室细议。三人各持己见，难以决定。按备后的说法，离开此城，则情形严重，依己之见，我等三人中派一人去伏见，也算合情合理，何如？若不可，派兵来攻，我们则可抢先出击，堂堂应战，战事落败，切腹无妨。熊谷大膳曰：备后所言在理，退而言之，不为此城一战而切腹，有侮王城之地，此乃一；窝居太阁殿下赐予王城，有违天道，此乃二；时至昨日为六十余州百姓拥为关白，现却惊慌失措固守城池，为全日本武士所不齿，此乃三。世间虽有各种传闻，首先应尽父子之礼。一旦退让帝都，证明尽属谗言。然事有先后顺序，今宵当逾志贺山①，移向东坂本②。这样仍不释疑并派兵讨伐，我方则往唐崎③正面出兵迎战为妥。那里约可容纳三万多兵力会战。万一命数已尽，方可静心自裁。木村常陆介则说：于此紧要关口，无论怎么让步证明自己之清白，太阁殿下都不会恕罪的。在此已无退路时刻，不如杀掉五个使者，今宵赶至伏见放火烧城，据城而战。拿起弓剑，也可留名沙场。不然就烧掉京城，于此城中破釜沉舟。如何？首先控制京城的兵粮，备好弹药，固守城池，如此定会来人调停，便可获得更大利益。秀次此时穷途末路，一筹莫展，一言不发，只是叹气。常陆介气势汹汹厉声谏诤：不料您这般懦弱，去了伏见，就别想回来。或是将您赏给高野山兵卒，或是发配至远国与俊宽④郁郁相对，或是让您自尽连介错都不配予。到那时候，您就后悔莫

---

① 今长野县下高井郡。
② 今滋贺县大津市坂本本町。
③ 今滋贺县大津市。
④《平家物语》中被发配在无人岛上的人物。

及了。吉田修理亮此时正于摄州芥河①监理工程。风闻京都城中有事，快马加鞭赶回恳求道：若您真要谋反，别去伏见。哪怕只有丁点儿那般想法，也必须留在此城。再三论理澄清，仍不可释疑的话，给我一万兵力，率先为忠君殊死一战。

粟野杢助最后一个赶到：各位所言在理，伏见殿下为大将军，如认定您要谋反前来攻打，耗时不会很长，就会被攻克歼灭。石田捏造事实谗言，殿下未必相信。不如遵嘱前往伏见，父子面对，化解心结，皆大欢喜。况且，派兵于其城下，无任何利益可得。对方乃世代重恩武士，我方无论派去多少兵力，皆诸侯借来武士。伏见城中父子在，骨肉之情何以堪？即便在此笼城，也无以长久。远远围住孤城，截断兵粮道，我方兵士便会从血亲缘投降，肯固守者甚微。如此净言乃为主君考虑，除我等外，无人这般直言不讳。明白其中道理，不该踌躇不决，振奋精神，前往伏见城。事情本如此，

---

① 今大阪府高槻市。

挑明后，几人都如梦初醒。于是息事宁人，秀次对候着的五个使者答复道：吾等该随同使者前往伏见。这时堀尾撇开旁人，一人凑近秀次右膝前，面带紧张神色，像是多少做好心理准备了一样。确定了秀次答复后，松了口气，立即退出，火速将佳音通知了三条的道彻。

秀次没带多少人马，特意乘了一挺轿子，带领步行侍从二三十人离开了聚乐城。渡五条大桥途经大佛殿时，前后渐渐传来吵闹声，像是有很多人聚在那里熙熙攘攘。莫非对方派兵来了，他极不情愿死于贱人之手，轿子抬入东福寺，周围随从道：在此静心自尽吧。此时方知中了计谋。命即刻返回聚乐城切腹。但年轻侍从不断从后面拥来，称五条桥边一带早已布满敌兵，无以回返。秀次咬牙切齿地催轿速行。骑马的几人冲向前踢散人群。持弓剑者禁乘轿舆。总之需以最快速度赶到藤森。但增田右卫门尉像是已半途恭候。他跳下马来到轿子边，曰：外面情形不妙，还是先避高野山，若是全无野心，不久自会昭雪。秀次让轿子落在路上。他明知待在聚乐的话，还可申辩道理，现如今凶多吉少。他说：离城时已有思想准备，这会儿才不致大惊小怪，虽说生命无常，但因不实之罪而亡，则颇感冤枉。又说：切莫让秀次这等人物蒙受奇耻大辱啊。最后时刻到了的话，请一定要告知，我会按常规切腹自尽的。右卫门尉露出抚慰之神情，安慰他道：不至切腹之地步啊。姑且如此，过些时日亲笔书信，表明内心，使殿下心情好转，谗言之徒便不得逞。并命武士们轿前轿后围护，途经伏见城，沿大和之道前行。当晚宿玉水旅馆。阴暗的茅草屋檐下，破旧旅店的景象，令秀次不禁想起时至昨日的荣华。终夜昏昏未得入梦，头枕十六夜月亮，吟诗曰：

> 终夜难入眠，
> 郁癔思云井①秋空，
> 望竹窗皎月。

以前小心翼翼侍奉的随从，骑兵即有二三百。石田治部少辅派任的监督武士告知秀次：前时人过多，随同人数骑兵二十、步兵十人即可。翌日九日开始，武藤左京、生田右京、筱部淡路守、津田雅乐助、山冈主计头、前田主水正、不破万作、杂贺虎、山田三十郎、山本主殿助、志水善三郎，另有隆西堂的寥寥数人随从，经过奈良坂坡，于般若寺稍息，重整轿子后，遥拜了春日明神森林。

> 三笠山云井，
> 秋月熠熠徒生辉，
> 悲哉换命途。

---

① 有皇居、宫中之意。

　　那天夜宿奈良中坊井上源五。驹井中务少辅、益田少将转来文书：避各路巡警、信使拥挤，停高野山登攀之所有礼仪，山口各处仅设两名士兵。次日经宿冈野，闻当麻寺钟声。

> 假寐梦尘世，
> 耳闻恰是报时声，
> 吾身之晚钟。

　　终抵高野山，暂定青严寺栖身，剃发布衣，法号"道意禅门"。一同前来之随从均效仿削发。

　　秀次见到木食上人①，含泪述及：吾之事尽属意外，世事无常，无可料及，今唯一死，自己了断短暂生命。然伏见派出验尸检使未

---

① 出家后，粮食蔬菜均不食，仅仅食用树上之果实或野草之修行僧侣之统称。

至，身后之事何以托付？言罢再流泪。上人言：贵人登及此山，生命无碍，太阁忿愤，本山众徒共申愿，当保贵人性命。但福岛左卫门大夫及福原右马助、池田伊豫守为大将的验尸官率五千余骑，于文禄四年七月十三日下午四点离开伏见，十四日傍晚到达高野山。上人为首一山老僧前往申愿，未准。来兵层层包围青严寺。第二天十五日上午十时，主从最后相互敬酒，家臣中最为年轻的武士首先切腹。第一个是山本主殿，第二个是山田三十郎，第三个是不破万作。以上三人皆不满十八岁之少年，日常秀次宠爱有加，交情非浅。主殿使用"国吉短刀"，三十郎使用"安川藤四郎"之"九寸八分"，递予万作的则是利刃"镐藤四郎"。秀次亲自介错。其中万作名扬天下，被称天下第一美少年。他袒露雪白的肌肤，短刀直刺乳房左上部，并一直拉至右手细腰部，头颅被砍。第四个是东福寺的隆西堂。第五个则是秀次，满二十八岁。如前所述，筱部淡路守用"浪游大刀"为其介错。

秀次未纳木村常陆介献策，听从了杢助的意见。秀次乘轿前往伏见时，常陆介便暗中尾随至五条大桥一带。为确切探明所到之处情形，他换路抵至竹田驿①外，只见各处要地布满身披盔甲的士兵及备有马鞍的马匹，知是前来讨伐主君。便对手下说：汝等在此御敌，我趁隙钻近前去，待石田那厮经过，拽他下马，砍了便切腹自杀。说罢便欲冲出，却被名曰野中清六的十九岁家童拽住了马口缰绳：不可！即是鬼使神差也无法冲近前去。前有众兵埋伏，定为兵卒所虏，死无所值。不如先去山崎②，入夜后再作打算。要不先去北部诸侯国③，固守城池，争取各路诸侯倒戈。闻言，常陆介别无他法，经东寺往西奔明神而去，投靠了山崎宝寺交往日久、值得信赖的僧侣。不料寺院竟向伏见告密，不久验尸官到场，与主君同日，常陆介亦于七月十五日切腹自杀。其子木村志摩助也躲在北山一带，闻知父亲死讯，也于同日在寺町的正行寺自杀。

熊谷大膳此时正躲藏在嵯峨的二尊院，与之关系亲密的前田德善院总管松田胜右卫门十五日来访。松田先至释迦堂，打发家臣前去转达：代主人授意，我家主接到上面旨意，秀次公今日于高野山自裁，命你快快准备同往。日常与你交情甚笃，无论有何吩咐，务请告知。熊谷答曰：惶恐接旨，本欲出门迎接，却蒙君挂虑。请来一下，另有一事相托。这是最后一次乞君拨冗。很快，松田便过来了，大膳出门迎接：蒙君前来，甚感欣慰。说到托付之事。即吾之臣下等，不可以死相伴。臣等不从。故留话如下：死后不可追随，倘一人爽约，来世便将断绝友情，并将其一族逐出五畿内附近各诸

---

① 京都府南部，伏见区附近。
② 今京都府南部，古来交通要塞。
③ 今北陆地区。

侯国①。此事务请帮忙。松田闻言，感动不已答曰：托付之事，牢牢记住。松田与大膳互敬最后一杯酒。手下家臣三人趁隙一同切腹自尽。说是随其死去，断绝关系。先走一步，理当另议。众臣感叹：言之在理。于是，我也这般，我也这般，一个个欲切腹自尽。松田之家臣及寺院和尚悉数出动，三五人按住一个，先夺去手上之大刀。大膳见状曰：尽皆不懂事理士卒。真有诚志，活将下去，为吾等来世祈祷冥福。早走一步，只会堵住前往冥府路途。吾若能得救，即刻出家为主君祈祷冥福，可惜不能赦免啊。这么说着泪水哽住咽喉。众家臣泄气地说：无奈，我等按您吩咐，出家为大法师弟子，精心料理后事。放心上路吧。大膳喜，净身后于佛前供香，后于寺院客殿，翻过摞在一起的草席，行罢酹水之别，拔短刃面西，站立着在腹部切下了十字。松田拜托大法师行百日法事后返回。大膳地位不高，但其主从情谊以及最后的壮举，无人不为之动容。

---

① 古时，京都附近诸侯国——山城、大和、河内、和泉、摄津之五国。

白井备后和粟野杢助退至鞍马①腹地，静待上方旨意，德善院派来使者小池清左卫门传令：关白大人事，北政所②拼命求情留下性命，却断然不得赦免。已派验尸官福岛左卫门大夫、福原右马助、池田伊豫守三人前往，尽快做切腹自裁准备。若有留言，吾可转达。以后亦当恳心祈祷冥福。二人对清左卫门曰：深知大法师仁慈，吾等有非常之请求，能否引见平日多有关照的大法师？若允，则无上幸福。清左卫门二话没说便答应道：举手之劳，大法师吩咐过，无论何事皆可听从。于是一顶小轿抬出二人。白井于大云院、杢助于粟田口③名曰鸟居小路的人家，在同一时刻切腹自尽。

白井之妻十二岁初识备后守，片刻寸步未离。此次事发，别丈夫躲于北山一带，传来备后守切腹自尽消息后，便让乳母抱着两岁的女儿来到大云院贞安法师处。我等备后守妻儿，无所倚靠，拟随夫而去，请予我等祈个冥福。法师思忖后好歹让进寺院，向德善院报告，求得指示。大法师向太阁禀告，太阁令：男孩应自尽，女孩可留命。法师闻知安心：有救。放心。但夫人未露喜悦神色：感谢施恩。虽可保命，往后何依？栖身何处？还是要随夫君去。孩儿想要托付，快两岁了，发发慈悲，好歹送个人家，长大成人，为我们凭吊。说罢拿出真正的守备佩刀及黄金三百两。法师再三劝慰，活着为夫君祈祷冥福方为正道。夫人却答：容我改装。旋即剪掉一头秀发，换上黑色布衣。诵一夜佛经。次日拂晓，趁乳母怀抱女儿打盹，取守备佩刀，刺穿心脏，前仆而终。

---

① 京都北部地区。
② 指丰臣秀吉之正妻高台院。
③ 现今京都山科地区。

　　身后留下两岁女孩，据说贞安法师随乳母一同收留，寄养到五条一带的商人家。十五岁时，幸福出嫁，以后过着富贵荣华的日子。并且，女孩儿自小聪明伶俐，倾心读书，一早一晚仿字本专心练字。一次向乳母问起父母姓名。可怜小姐啊。乳母悲叹：至今未告，父亲是天下大小诸侯无人不知的白井备后守。闻此小姐佛心陡增，十三岁那年五月末，在大云院主持的四十八夜①诵经还愿。满愿日正好七月十五——其父自裁之日。忌日前一夜即十四日夜，乃满愿最后一天又正值盂兰盆，惜别难舍，便与乳母二人佛前守灵，须臾二人迷糊犯困，做了类似的梦。一人着绫罗绸缎，头戴冠冕，持笏坐于佛龛。另一人是妇人，看着三十有余，深紫色单衣外罩黑衣，坐在刚才那人右边。梦中觉着不可思议，询问身旁的人，答曰：那正是白井备后守大人夫妇。后出现身高二丈鬼怪，口吐火焰，欲凌辱大人夫妇，但见德高望重一老僧赶至，驱走鬼怪。俄顷紫云

---

① 由来于阿弥陀四十八愿，念佛诵经四十八个夜晚。

叆叇，异香飘逸，虚空中飘舞花瓣，升平音乐。转眼夫妇变成金佛，乘黄金莲花升上太空。女孩儿与乳母睁开眼来一看，她们梦中拼命扯住的夫妇衣角，其实是挂在佛龛前的帷帐下摆。梦中所见故事世间流传，想必是同一夜佛前的人们说了出来。说道天亮后仍然紫云叆叇，异香弥漫。传说夸大其词：虽末法之世，但有忠诚意志，则会出现祥瑞之兆。世人竞相传颂。

木村常陆介也有一个年方十三的女儿，绝世美人，秀次曾垂涎欲求。不知常陆介作何想，称因故随母去了越前①。临死前，唤来小家童野中清六言：感激愿随主人切腹。但望莫急，先去北国，好歹安置好老母妻女。值此关头唯此挂念。清六答曰："从命。"便去越前，将京都事变述告常陆介老母及夫人。老母、夫人道：杀了我们，主君在黄泉山路等。清六心想：自己动手，必定会有众家佣阻拦，吵闹不休，如此不能完成主君交代之事。不如自己先行切

_____

① 现今福井县东部。

腹，做个示范。这么一想，便说：京都即会派人前来，若为贱人杀戮，辱没一门名声，唯有趁来人未至，快快自决。小的相随，先行一步。话音未落，便在自己腹部切下十字死去。见状，常陆介之妻事不迟疑，欲先杀女，却被乳母按住双手，在场者尽皆妇孺，何忍目睹此般悲惨？争相拦阻。女儿被护往一边。夫人厉斥：尔等可怜下贱女人！不动手，便可逃生么？惜命结果，必蒙奇耻大辱！但无论如何，她都无法靠近女儿身边，无奈对老母道：母亲大人，请您自重。言毕离世。老母请来平日多有照应的法师，奉上遗物窄袖便和服及黄金，托其为一门亡灵祈福，并留下妥帖遗嘱。老太太亦一刃了断。千钧一发时救下的女孩，随乳母慌张跑出家门，漫无目的，攀峰落谷，迷途山中。直至天亮时分回到住所。却被京都派来的杀手捕获。有旨白井备后守家"女孩留命"。但常陆介罪不可赦，女孩儿便带回京都，后于三条河原砍头曝尸。

此外，仙千代丸①之母、於和子之父日比野下野守，御百丸②之母、御辰前之父山口松云于北野切腹自尽。丸毛不心③于相国寺门前曰：老朽年迈，肚皮起皱，终归一途，求砍

头了事。如愿。另有同策谋反、远方流放的延寿院玄朔、绍巴法眼、荒木安志、木下大膳等。《太阁记》有载："秀次公谋反，不致牵连，众未有半点反叛意图，但惧长盛三成④之威无人调停，即遵奉行⑤之命流放远地。"另有关押各国者，一柳右近将监遣于江户大纳言⑥处；服部采女正遣至越后⑦宰相处；渡濑左卫门被遣佐竹右大夫⑧处；明石左近遣至小早川左卫门佐处⑨；前野旦马守及长子出云守，则被遣至中村式部少辅处⑩。以后玄朔、绍巴及安志获赦，余皆受命切腹。《太阁记》又记："谋反之事，是虚是实，终究不知，众多自决者，无一人坦白招供，亦无一人知其实情，皆蒙冤死旅，

① 仙千代丸（1590—1595），丰臣秀次与侧室於和子所生庶长子。
② 丰臣秀次与侧室御辰所生庶次子。
③ 丸毛不心（1535—1595），丰臣秀次之侧室。有说非侧室，乃后宫总管。
④ 指"增田长盛"和"石田三成"二人。
⑤ 武家时代官名，执掌、执行各类政务。
⑥ 为武家高官官位之一。
⑦ 今新潟县。
⑧ 今秋田县。"右太夫"为武家高官官位之一。
⑨ 今广岛县。
⑩ 今鸟取县。

以为前世报应。荒唐之事也。"

　　上述说法并无确实根据，不过一时谣言及含糊不清的揣测。不难设想，多数亡者的罪名凭空捏造，蒙冤而死。其中竟有捕风捉影，一丝牵连，可谓祸从天降。当然也有少数人大难不死。浅野左京大夫吉长①一度也是切腹死罪。但吉长据理力驳："无论如何，请让我面见控告人，恳求在太阁面前对质对决。"于是，将吉长与控诉人唤至太阁面前对质。控诉人水野新八郎，长久侍奉吉长家。因故被解职，怀恨在心。此番拿出确切证据，控告旧主左京大夫大人合谋关白大人。伪证材料上分明捺有吉长之印。对质时吉长曰：确为吾之印，可一年以前换印弃而不用。于是对照多份吉长签发予各诸侯之证书材料，查其使用之印章，如其所述即昭雪。新八郎则因确凿无疑的谎报之罪及伪造图章罪，交予吉长，即时斩首。其次六角右兵卫督义乡也曾命系一线。事情的经由是义乡的家臣中有名曰多罗尾道贺者，近江信乐②人，当初义乡娶道贺之女为妻，后其女为绝世美人之说传至秀次耳中，不得已献予聚乐城。传说中绝世佳人即御曼前，关白爱妾之一。仅此纠葛而已。妻子被夺走，而妻子的父亲是自己的家臣。便因此受了株连。闻所未闻如此荒唐冤罪。吉长及义乡，平日皆遭三成反感，结果受难时，无人在三成面前为之申辩。念及判罪太冤，免死罪，却没收其领地。

　　补充前述疏漏内容，即二尊院切腹自尽的熊谷大膳辞世时赋诗：

　　　敢问哀怜人，

---

① 历史上真实人物应为"浅野左京大夫幸长"。可能为作者笔误。
② 今滋贺县甲贺市信乐町。

嵯峨古寺野草丛。

大云院自刃的白井备后守妻辞世诗曰：

纺布织衣人，
心心相印祈来世，
同倚莲花上。

此外秀次赴高野山时，许多武士乔扮香客、修行者，仰慕一直
在轿前轿后伴随。但处处设岗，搜身检查，驱散后有的回了自己故
乡，有的则踏上全国各处的巡礼之途。

其　八

　　秀次的末日及其家中武士命运，大抵如上。或灭亡或离散。顺庆的薮原勾当结局如何呢？七月八日夜即秀次离开聚乐城后，布告贴出，秀次的妻妾带往德永式部卿法印宅邸后，顺庆来到伏见旧主宅邸，请求拜见。因为自己原本为治部少辅家臣，关白家亡，理当先回旧主身边，听候己身之处置。其如是考虑。但顺庆所为，或许多少是需要一点勇气的。不仅未为旧主任何建功，文禄三年秋，还被特意召回严叱，责其怠慢。当时他曾俯地谢罪。可是以后提出的报告仍是不痛不痒。并未挽回主人的特别信赖。这么想，旧主非但不会高兴地迎接他归来，弄不好还会问罪。尽管如此，他还是咬着牙登门造访，为何呢？莫非那时的顺庆还对武门精神持有幻想？此时心中燃烧的或为至诚心念：即令切腹，也不可偏离武士之道。所以去见旧主，任其裁断。那是他的内心秘密，或者说是一种淡然的潜意识——希望毁灭关白家的旧主三成也处死自己。此世已无任何期待，或许他已放弃了苟生之念，心想活着"目睹"关白家一族毁灭，莫如主动惹怒旧主求死。按其说法："来伏见主人邸拜见大人。主人曰：所幸关白谋叛败露。可你无有任何建功，有何脸面返？愚

畫事南宗七十三圖盡是俗問標不腧稿至於
而所化拙陋尤可愧焉如裝屍俗考詫賛詞
寔中不獨資料又補出廬見閣佳用沙
字殊韜記懺了備毛看官之雲煙過
眼无 辛亥假居滬上师氏嬌秀

僧跪伏主前，不成体统，无以申辩，唯请惩罚。不以微不足道琵琶琴师身份苟活，愿以武士之身赴死。无论何等处罚，均在所不辞。旧主却对愚僧所言疑惑，问道：何以瞑目？答曰：今乃实盲。大人惊诧！什么？你说什么？答曰：目明，则有忘记假盲之时，弄巧成拙，为尽公职，便以短刃剜去双眼。应答之后，大人无言沉默了片刻道：这可近世罕见！不过，仔细想来，你之所为看似忠义却非忠义，瞒得了旁人瞒不过我三成。令你假盲乃权宜之计，乔装入盲人当道组织，用得着剜去双眼吗？何况，不过命你模仿盲人，使敌方掉以轻心以刺探内情，更须眼观六路、耳听八方，眼盲则进退出入不便，何以成命？明知责任重大，却使真盲，岂有此理！身体发肤，受之父母，乃古训。毁之伤之，大逆不道！你竟连这般道理都不懂！主君愤然厉斥，顺庆趴在地上，背出冷汗，唯唯诺诺一个劲儿请罪。想到治部大人会看破愚僧辩解托词，俯首跪席也能感觉大人犀利威慑目光，顺庆的身体不禁缩成一团，抬不起头也说不出话。大人继而曰：你这样还武士？可笑至极！交重要任务予你乃吾之失策，想来便觉可憎。杀汝尚嫌污手。赶快离开这里，永远滚蛋！而后入内室。"

三成为何饶顺庆一命呢？想必秀次已为叛贼，送上高野山，其预谋亦已大功告成，因而追究顺庆的怠慢已无必要，或亦念及下妻左卫门尉往日功绩，非杀头之罪，故放逐为宜。

顺庆对旧主之心态变化，基本可谓三个时期。一期是前往三成宅邸接受主人斥责，在这之前，虽说同情一台正房夫人，但可以说，尚未抛弃作为武士的矜持。二期是被主人驱逐出门，成为彻头彻尾的普通盲人。这以后他已不再称作武士，日夜思念身份高贵的不幸母女，内心却不知为何充满了自责与惭愧。三期则是秀次一族及妻妾于三条河原被戮，隔竹木栅揣摩其内动静时，传来凄惨哀鸣，令之悲痛万分。这以后的顺庆开始憎恨旧主三成残虐，诅咒丰臣氏统治的天下，吟诵因果轮回歌，变成了一个乞丐僧。

话说顺庆被赶出旧主宅邸，那些贵妇人去往何处了呢？七月八日夜秀次的轿子往高野山后，先被遣送至德永式部卿法印宅邸，以后又于七月十一日被带到丹波龟山——法印的城堡。《太阁记》"益田少将忠志之事"条目曰：

秀次公的小公子及宠妾三十余人，八日夜移送至德永式部卿法印宅邸，由前田德善院、田中兵部大辅派兵严加看守，接着十一日又被送至丹州龟山城，于法律文书中备案。至此众人断念，不会再获袒护，不久将送返京都，在六条河原遭杀戮。益田少将闻知此令，念及痛苦至极，不可无以复加。本系江州浅井郡本愿寺门流小庵小僧，秀次公为天下家督后，荣入三大奉行之内，无以恩报。念及于此称，欲赴龟山探望公子等。认定不可戮。嘱家臣藤井太郎右卫门，先将独生女儿托付予秀赖公之母，自己七月二十日赴大坂。且视龟山局势发展，紧急时杀掉其妻。并再三叮嘱，不可泄露，令之写下誓书。二十二日夜深人静，依依不舍离走居处，急速赴龟山。至老之坂，士卒众聚，称受命于前田德善院、增田右卫门尉、石田治部少辅，来回巡视，不可放行一人。便至龟山小公子处，期待看守通融。他奉上所携献礼请求。再三示明诚意，手无寸铁，些许安慰。却徒劳而返，垂头丧气。手持礼品细询，答曰：囚龟山城，我等亦不得入三围以内，少将断念罢。顺庆亦如上述益田少将，是去往丹波龟山的徘徊者之一。同样无功，半道回返，沮丧不已。至七月三十日，拘于龟山城的女人孩子又被带回京都的法印邸。且于八月一日，写下了辞别此世文书。这期间，已在三条河原挖出二十间方坑，四周是竹围，又在三条桥下修了三个坟冢。秀次的头颅面朝西置于坟上。说是要让族人、众妻妾来此祈拜。二日凌晨即被绑到此处。分别乘舆三人一辆，游街后拉赴刑场。行刑前依次向秀次头颅磕头额拜，接着一一被戮。

包括未晓世事的孩子，也被拉起小胳膊，塞上两人三人一辆的囚车。目睹年幼公子公主们，看客唏嘘不已。无论贵贱，嚎啕痛哭。不问情由。若非如此，他们该有富丽堂皇的生活。呜呼！今非昨比。彼时统统白装素裹。不由分说，公子公主皆被一把抓出乳母怀中，置于母亲膝上。孩子们还天真地让乳母也来。那情那景可谓哀怜之至。抵三条河原，便被抱下车，孩子们争先恐后聚于秀次公头颅前跪伏叩拜。呜呼！菊亭右府①之女正妻一台，行年三十有四。

此谋反纯子虚乌有，乃因增田、石田谗言。切记。有诗为证：

> 无辜众妻女，
> 含冤饮恨泪濡衣。

第一个被杀的自是贵夫人一台，前大纳言殿下公主御龄三十余，仪表优雅，看似仅二十。（中略）临终赋诗：

> 斑斓浮世中，

---

① 即"右大臣"，为仅次于"关白"之高官官位之一。

以为悠久偕白头，

回首亦无言。

第二个赴死者乃小上﨟①御妻前，年方二八；第三个是中纳言之室御龟前，三十三岁；第四个是於和子，十八岁；第五个是御辰前；第六个是御千屋前；第七个是御佐子前……第三十二个是御参前；第三十三个是津保见；第三十四个是最后的御知母。其中三十人留下辞世和歌后，被斩首。所赋之诗，均于悲哀中透着浮华的装束模样。"呜呼！悲哀！何等痛楚！看客痛心不已！砍掉二十多人，河水亦变色。"当日河原曾是何等华艳夺目的地狱画卷！我只是照《闻书》中传达，将顺庆描述的那般景象再现于纸上，顺庆不仅弃置了弓箭，也弃置了琵琶。讲述中他时而悔恨，时而愤怒，时而悟道，时而疯癫，终于夫人身影伴其一生，再未从他的盲目中消失。迷离恍惚中，年复一年，郁然守墓。

当初拟更加详细记录故事经纬。也罢。其余拟以《闻书后抄》为题，重拾笔砚。这里讲述的故事仅是源太夫《闻书》前半而已。

---

① 大臣、纳言、参议等公卿之女、后为女官者。

三 个 法 师

世存《三个法师》物语，年代、作者不详，传有万治二年①版。作者阅读的是《国史丛书》收藏的活字版本，文章平平，冗赘稚拙，却可窥得南北朝时代世态风俗。故事结构倒还规整，情节复杂有趣。第一法师、第二法师、第三法师层层递进。不妨说，哀愁情绪贯穿了整个故事，颇具文学价值，适于秋夜阅读。在基本忠实原作内容的基础上，欲译为现代语作品，删除冗繁乏味、假名书写的难懂部分，施以些许文字修饰。若能些许传达古时和文之文脉、意蕴，作为作者不胜欣喜。

---

① 即一六五九年。

上

聚集高野山者，多为厌世者。同为厌离，道却不同。或坐禅入定或念佛诵经。佛山广大，心愿各异的半出家人四下求宿，依自身秉性选择修行教派。一天夜晚，修行者聚于某寺一斋房。一僧人四下环顾后说：吾等皆为半出家，终归为遁世，但每人皆有各自的缘故吧。坐禅固然很好。但忏悔之德可消罪。今晚大家一起，讲一个忏悔的故事如何？在其提议下，大家饶有兴致地回顾起各自年轻时的种种事情来。这时一个约莫四十二三的僧人，衣衫褴褛，苦行修得瘦骨嶙峋，染牙铁浆却涂抹厚实，身上透出一股僧人之堂正气质，开始一直退居屋角沉思不语。忽然开口道：请听听我的经历。接着便开始了平静的叙述——

京都城里的事情，想必大家都是知道的。我本为足利尊氏将军[①]时代"糟屋四郎左卫门"，将军近侍。十三岁入将军御所，伴将军烧香礼佛，观月赏花，从未疏忽。一年，随将军入二条皇宫，恰好朋辈聚集来此，便差使邀我速至。我想知道返回前是否还有时间，便起身至殿堂边探视，像是酒过二三巡，一宫女正捧着置于托盘的回赠礼物窄袖和服走出。宫女正值妙龄，看似未满二十，熟绢窄袖和服外套着红花绿叶单衣，下面是红色和服裙，长发飘逸，美丽绝伦。就是染殿之妃②、女御更衣③也不过如此。啊，人生在世，多想与此等绝世佳人相谈共寝啊！这么想着，便热盼其再次出现。至少让我再打量一眼佳人面容。那以后，内心对那女子充满仰慕之情，难以忘怀，陷入无法自拔之情网。以后回到自己居处，那身姿久久萦绕眼前。茶饭不思，卧床不起，四五日懈怠奉公。将军打发使者来询："近顷糟屋有恙？"答曰："确有小恙。"将军曰："派药师去诊治的好。"很快药师便至。我坐起身，戴上漆黑帽子，穿上武士礼服，来到药师面前。药师诊脉后言："怪哉，并无恙。"遂问是否心有怨恨，抑或有何重大诉状。我做出毫不介意的样子："幼时有患此疾，养生半月就好。并无大碍。再等几日吧。"医师照样禀报将军："并无恙。似有大忧。抑或旧时的堕入情网。"将军道："堕入情网亦属自然，去廓清糟屋心思。"于是有荐："佐佐木三郎左卫门与之最亲密，让他去吧。"将军便遣佐佐木探视。他坐在我枕边，立即抱怨："平日朋辈中我等亲密兄弟一般，为何患疾不曾相告？""什么呀，并非大疾，何令兄弟担忧？连相依为命的母亲亦未告知。赔罪了！如若加重，必会告知。莫要小题大做。回去吧。比之为我担心，侍奉将军更重要。"他却答道："哎，我来照顾你几日吧。"于是在我身边四五天，打探我的内心。开始避而不谈。但友情难却，终于坦白。"原来是失恋啊，那样则身体无恙。"他向将军报告此情。将军闻知曰："是吗，那很容易。"承蒙将军亲笔书

---

① 指"足利尊氏"（1308—1358），镰仓时代后期至南北朝时代之武将，为室町幕府初期之征夷大将军。

② 藤原明子（829—900），太政大臣藤原良房与嵯峨天皇皇女源洁姬之女，文德天皇皇后，清和天皇之母。传说为绝世美女。

③ 天皇后宫女官，主管天皇更衣。

信，差使佐佐木送往二条城。二条殿下回信：宫女名尾上，下赐庶民不可，让那男子过来。将军特意差人，将回复送至我住处。该有多幸运啊！真不知如何报答将军的恩情。话虽如此，尘世乏味，即便见到尾上宫女，也不过梦幻一般的一夜情爱。当时想到，时当遁世。又一转念，若旁人议论，糟屋这小子恋上二条城宫女，多亏将军相帮得以如愿，却突然畏葸不前，决定遁世出家。那可真是毕生耻辱。哪怕一夜，先去见见，不管以后怎样了。这么决定后，一天夜里，虽无特别穿戴，还是多少留意仪表装束，带上三个随同，派人引路，夜阑时分到了二条城宫殿。旋即被引领至华美绝伦、饰有屏风及中国绘画的和式房间，五六个年龄相仿的艳美宫女等候于彼。上酒、饮茶、闻香，开始诸般游戏，我却陷于迷惘。不知其中有无尾上？彼时只是匆匆一见。而此时此处宫女个个美丽动人。这时一位宫女手持酒杯向我这边走来，越过一个又一个人，直接将盛满美酒的酒杯递给了我。啊，"尾上"啊。总算明白了！于是颔首接过酒杯。却说已近黎明，传来公鸡打鸣寺院钟声。两人依依惜别，发誓永不变心。天未放明，宫女起身。目送她渐渐远去，睡乱的秀发衬托着光洁美丽的面庞。只见她打开房屋一边的板门，走近门边吟诗道：

今朝勿催行，
偶遇萍水如意君，
白露袖润生。

我即回赋道：

不舍脉脉情，

恋伊一夜袖白露，

恰如吾侪心。

　　自那以后，一直是我去二条宫殿见她，有时也会请她悄悄来我
居所。将军念其辛苦，赠予近江国千石千贯大片土地。当时的我信
仰北野天神，每月二十四日定期参拜。近时却因宫女些许怠惰。十
二月二十四日是年末，念及平日懈怠与神有愧，便至经堂彻夜诵
经。这时听到其他参拜者窃窃私语："唉，真可怜！到底是何人
啊？"闻之我陡然竖起耳朵问："发生了什么事？"那人说："听说
刚才，城里某僻静处，有人杀了一个年方十七八岁的宫女，还把衣
服统统剥去。"听闻此言，我不禁忐忑不安起来，心里七上八下，
便不顾一切跑去查看。果然如我预感，竟是那位宫女。残杀后剥去
衣物，甚至连头发也剪了去。我顿时呆立于彼，仿佛坠入噩梦之中
不知所措。呜呼！自己犯有遭此厄运何罪？相见之喜悦，变成了万
般悔恨，不知为逝者如何尽心是好。身为宫女的"尾上"为了我，
不满二十就被邪恶利剑刺杀。请设想一下我当时心境。无论怎样的
鬼怪袭来，自己都毫不犹豫，纵然冲锋陷阵于五百骑、六百骑敌兵
阵中，生命也在所不惜。可眼前此景，在我全然不知的情况下发
生，非我力所能阻。那天夜里，我便削发为僧，在此山上为那宫女
凭吊亡灵。二十年光阴逝去。
　　——那名为"樊哙入道"的半出家人讲完了他的故事。鸦雀无
声。一会儿，又有一僧跪蹭近前。看上去五十上下，约莫六尺身
高，喉结突出，下巴向上翘起，颧骨很高，嘴唇厚实，眉眼凶恶，

肤色黝黑，一副攻击者体魄。此人开口："且听我言。"他边说边在破旧布褂袖兜处捻着大佛珠。大家催促："快快说来。"——"世上真无独有偶，不可思议，那位宫女是我亲手所杀。"听他一说，樊哙面色骤变，露出愤怒的目光。和尚道："这位师兄先请冷静，待我说出事情原委。"看到樊哙咽口唾沫，镇定了情绪，他才慢条斯理地讲述起来。

中

京都城人皆有耳闻。我三条荒五郎九岁偷盗，十三杀人，身怀夜盗绝技，加上那位宫女，共杀三百八十余人。或因积怨太多，自方才事件发生的那年十月，从未得手。做土匪也一无所获。每次都是希望落空。因此生活拮据，早晚断炊，妻儿无以度日。内心沮丧，十一月开始夜不归宿，栖于各处寺庙檐下或神社祭堂和衣睡地板。一日夜，不禁惦记回家探视。妻子扯起衣袖潸然泪下道："你令人憎恨又何等狠心！夫妇间龃龉乃世间常事，我也不去理会计较。若缘分已尽，心都变了，纠缠哀怨亦是枉然。那请休掉我吧。一个孤单女人，被你置之不理，穷困冷寂。正月将至，总得给孩子们添置些什么。你却既无领地亦不从商，连农田耕作都不懂。现在竟连唯一的窃贼生意也不做了。孩子们的未来你不考虑，整日夜不归宿，莫非已厌倦于我？若如此，也无可奈何。但总不能不顾孩子饥渴吧。这两日，家中值钱物业已当尽。看着孩子们哭喊饥肠辘辘，我何等悲伤！"听她无尽数落，我答道："不，我绝不是要疏远你们，或许是前世的报应吧。算计好的营生尽皆落空。运气不好。这段时间一直在外，四处寻觅妥当猎物。所以没回家。但究竟惦记

尔等。这不回来了嘛。绝无任何可以让你猜疑之事，在家放心等待
便是。今日或明日，定会给你带来喜讯。"这么安慰妻子后，内心
下定决心，今晚无论怎样都不放过机会。然后一心等待日落天黑。
不久，传来寺院钟声，日近黄昏，我像往日一样拉上人力车，带着
大刀出了门。躲在一段旧泥墙背影处，我手里捏着一把汗。哪怕张
良、韩信到，也难以逃脱。随时准备出击。不一会儿，一顶无檐小
轿经过，传来年轻人叽叽喳喳说话声。看似没有价值，放了过去。
过了一会儿，大约一百米的上方飘来一股难以言传的芳香，我猜
想："欸，功夫不负有心人。看来运气尚存。"说到那时的喜悦，真
是无比激动。正待出击时，只见一个身着光泽鲜亮丝绸衣服的贵女
子，带着飒飒声响走了过来。其出现令周际生辉，身边两个女佣，
一人在前，一人随后，拿着装有衣物的结实的布袋，目不斜视从我
站立的身旁擦肩而过。我有意放过她们，然后从身后赶上。只见前
面的女佣"啊"了一声便不见踪影，后面的也扔掉袋子不等喊救命
就逃得无影无踪。那位贵女子并未大声呼救，一声不响地站着。我
手持大刀一旁逼近，毫不留情剥下了她的衣裳。最后我要脱下其最
里面的内衣窄袖和服时，女人说："唉，干什么？内衣窄袖不行！
那是女人的羞耻啊。可以给你这个。"说罢取出自己的护身符扔给
了我。可悲的是残暴者死活不应："不行，一定要把内衣脱下来。"
"脱下内衣是要命的事，如果那样，干脆杀了我吧。"我应道："可
以，让你遂愿。"便一刀捅了下去。为了内衣不沾血，我三把两把
剥下衣物，松了口气，拾起刚才女佣扔掉的衣袋自语道："哎呀呀
这下，老婆孩子一定高兴。"急忙赶回了家。一敲门，里面传来妻
子怒斥声："这么快就回来，今晚又没戏是吧？"我回答说："少废

话。快开门！"并把衣袋包袱扔了进去。"嘿，收获不菲呀！"这么说着迫不及待拽开了系扣。真不得了！里面竟是熏香浓郁的十二单衣①（宫廷装束）红花绿叶霓裳。一件一件，都散发出扑鼻的异香。路人停下脚步心旷神怡。亦如百花争艳，香郁飘散竟至邻家。妻儿自然喜不自禁。却言："多可惜啊！"眼前内衣等是贱内有生以来头次看到。"穿这般衣服的人很年轻吧，看着多少岁？"毕竟是女人，吾侪辈的老婆居然也有菩萨心。答曰夜晚看不真切。二十二三、十八九的样子吧。老婆应道："料想如此。"旋即二话没说跑了出去。正想着干甚去了，其返回。"哎呀！真让我失望！你以为你是大名呀？既犯滔天之罪，一不做二不休哪。我去尸骸处剪头发来着。这么好的头发做成假发多好。平日犯愁头发稀，这下搞到了好东西。"她已顾不得什么窄袖和服，先在碗里倒入热水，将热水洒在头发上，然后挂上竹竿儿晾干。手舞足蹈。喜不自禁。我一直看着眼前女人的举动。唉！哀哉！前世或有佛缘，此世轮回为人。轮回转生，修行佛道未必转生善人。残酷的是，竟有如此恶贯满盈之人。白昼黑夜，脑子里揣摩的唯有盗窃。明知因果灵验，作恶将堕无间地狱短命，却无所顾忌。人生乃过眼烟云。我开始讨厌自己。我妻之冷酷无情作何解释？一想到跟这样的女人同枕共寝，便觉悔恨万分。一旦明晓这是一个极端恐怖的女人，便想："啊，罪不可恕！干嘛杀了贵女子？酿成悲惨事件，不如死了的好。不，哀叹伤感无用。应化菩提教义，削发为僧，为贵女子祈祷冥福，并修一己菩提。"这样下了决心，当夜便奔一条北小路，作了玄惠法师弟子，得法名"玄竹"，不久又来到这座山上。

---

① 始自平安时代（794—1183）的上流宫廷贵族女子服饰。

——"欸，事情经过如上所述。"这个僧人面向樊哙道：阁下必定感到万分懊恨，一定不管怎样想杀了我，碎尸万段不解恨。不过杀了愚僧，就好比给那位贵女子制作了业因。我并非怜惜生命才跟您这么说。皈依三宝，如您所知。既然告诉阁下，要怎样悉听尊便。说罢流下了泪水。糟屋入道言："我等已皈依，削发出家，还会有什么怨恨呢？更何况，您也是为那贵女子皈依佛家的，令我生出亲切之感。此时的我悟知：贵女子实乃菩萨化身，以女人身姿，救助无缘的你我。大慈大悲啊。这么一想，更加难以忘怀彼时情景，如果当时什么也不曾发生，我等怎会厌倦尘世、悟出享受无为之乐乃忧中有喜的道理？从今往后，同心同德。倍觉欣喜。"说罢，墨染袖裾泪濡。

　　却说另一僧人皈依由来。彼亦老年入道者。衣衫褴褛却身着七条袈裟，默诵经文修行使之消瘦，面色黢黑形态可怜。但说到底，同样皈依有因。老者颇具修行者风采，默然打坐时旁者摇醒——"该您了。"于是他说：听诸位皈依由来，我无甚好谈。也许前世积怨，我之遁世没有那样的具体事件，说出来也并非特别有趣。二位已说出来。我若忌口，有失礼之虞。诸位时间宝贵。听我说来罢，便开始平静地讲述下面一段事情——

下

　　我是六郎左卫门，出身河内国①楠姓一族，筱崎扫部助之子。父受正成②重用，参谋重大事件，全权掌管各类事务，在本族中很有名气。世人皆知，正成战死时亦切腹自杀。以后正行③承父业，厚待遗属，我等也曾身持要职。正行亦战死。四条绳手④战役时我亦战败。不知为何敌方忽略并未被杀，某法师发现一息尚存，便用担架抬出战场。在其精心护理下竟起死回生。其后则是楠正仪⑤继承家业，如父辈正成一样厚待我母，主臣一直以诚相待。彼时世间传闻，正仪已投降足利⑥或有投降迹象。我以为那并非事实，便去询问本人："我听到这样那样的传闻，不会是真的吧？抑或真的有此打算？"彼答曰："有时确乎怨恨朝廷，有过那般考虑。"我听后道："君若愤恨，可舍身遁世，如此表达也合乎情理。若去侍奉足利，弓箭指向朝廷，则运数尽也。人们会说三道四以为，你为发迹而降。因此千万不可存有那般意念。如此大事决定，我等无足轻重却也身为重臣，怎么未曾告知呢？"答曰："倒是。不过想着告知也会遭到反对，则瞒了下来。嘿，既知吾之不满，也该觉察众人的嘲笑。两代人为朝廷战死，却未惠及后代，我这代仍为侍者，怎会不

128

觉着委屈遗憾?"我说:"竟有何怨恨?现今领地乃谁之恩惠?古人曰:君君臣臣。"劝其改变想法。其后闻知,他还是到京都东寺⑦见了总管。于是乎想:君之运数已尽。一人无法力挽狂澜。而我并无投降之意。正是在佛法的引导下遁世出家。

离开河内国筱崎家故乡时有两个孩子。一个三岁的女儿和一个儿子。到底多年亲情,撇下他们及妻子时依恋不舍。最终却下定决心彻底脱离尘世。不久我去关东⑧修行,松岛寺待了三年以后游历北陆诸侯国,难得遇上我这等半路出家人也能接触的佛法或祈祷满愿。期间还参观了名胜古迹休养身心。最后决心:反正不能总在尘世,哪怕半途身死呢,便直奔大坂方向而来。由于不可思议之缘分吧,途经河内诸侯国时暗忖:筱崎故乡现今怎样?便走到昔日自家邸宅外墙边。见瓦顶泥墙尚在,屋檐坍塌,门框上的门扉也已掉了下来。院里杂草丛生,房屋破损惨无形状,仅仅残留两三个简陋草庵,似亦无法抵挡风雨袭来。此状令我感到目不忍睹,拭去泪水正欲穿过离开时,忽见一老者身披破旧衣衫,正在那里耕田。我想打听或知从前事情。便招呼道:"喂,老人家,这儿是何地方啊?"老人摘下斗笠答曰:"筱崎啊。"随之又问:"那是何人领地?"对方

---

① 今大阪府东部。
② 楠木正成(1294—1336),南北朝时代之武将。河内诸侯国国王及和泉之守卫长官土豪。后在与自九州攻来的足利尊氏战役中,战败身亡。
③ 楠木正行(1326—1348),楠木正成之长子。于河内四条畷,在高师直、高师泰斗时战败身亡。
④ 今大阪府东部城市。一三四八年楠木正行、其弟楠木正时与高师直、高师泰交战战死处。现市名为"四条畷"。
⑤ 楠木正行楠木正成之第三个儿子。为南北朝之和解尽力,但终未成,归属南朝。生殁不详。
⑥ 指"足利尊氏"。
⑦ 足利尊氏在东寺的布阵。
⑧ 有多种说法,其一是指箱根关以东的诸侯国。

道："筱崎大人之领地。"我想，他或许知道吾侪家族，便坐于田畔，装作若无其事的样子攀谈起来。老人拄着铁锹说道："本来的主人是筱崎扫部助，万事出类拔萃，受楠主君之重用，在其一族中地位举足轻重，到其子六郎左卫门大人一代，因忿恨楠主君投降足利，遁世出家，不知其以后去往何处、现在何地？当时听说是去了北陆国，有说已经离世，没有书信都是传闻。"说罢老人流下了眼泪。我也忍住泪水问道："您是他家的亲人还是领地中人？""吾乃长年居住领地内的百姓，六郎左卫门出家后，土地荒芜，邸中侍者统统离散。我等平头草民，凑数前去照顾夫人及公子小姐，实在可怜啊！所以丢下自己的活儿不做，这五六年一直在服侍他们。六郎左卫门出家时丢下三岁的小公主及年幼公子，母亲养育他们付出巨大辛苦。贵夫人终日不忘夫君惜别积郁成疾，去年春患病，这段时间茶饭不思，终于三天前离世。孩子们该有多么悲伤啊！作为旁人的我都感觉天昏地暗。哎，您看那边，就在那边那棵松树下，两个孩子每天哭着一起去火葬场祈拜。"我说："今天也陪你们去？"他们说今天不必。所以跟普通百姓一样在田里耕地。这耕地也不是为我自己。想着两个孩子今后实在可怜，我是为了他们的生活在耕作。就这样，俩孩子爷爷、爷爷地称呼我这老头儿，并说要爷爷总在身边，否则活不下去，我不知有多激动多心疼啊！今天想着他们回来晚，不停地张望着那边的松树，耕田也无法专心。这么说着又潸潸泪下。我非常感动，这么一个出身卑贱之人都具有如此同情心，自己干了多么狠毒无情的事啊。真想告诉他，我就是那个六郎左卫门入道。转而一想不行，那样长年修行前功尽弃。"唉，真是难得啊。哪儿有您这样的老人家啊。唉，真可怜，世上竟有如此悲哀的事。想到年幼孩子们悲哀，真不知说什么才好。愚僧不至如此，也曾类似经历，没有比稚气天真的孩子失去父母更加悲痛的了！"说罢以袖掩面拭泪。"这么说来，贵僧从前，也曾遭遇同样不幸啊！"说着老人放声哭泣。过了一会儿，我对老人说："老人家，今后请您一定不要丢弃两个孩子，他们的父母在阴间会感恩戴德。他们会报答您的子孙。您的后代定会幸福美满！请您一定疼爱两个孩子，佛神三宝保佑您。天时已晚，愚僧告辞。"说罢起身离去。老人送出很远，不断地诚恳絮叨泪水涟涟。我也热泪横流。"老人家，请留步吧。"老人便返回。我行走不一会儿，的确在一棵松树下看到了一个火葬处。我努力克制自己，没有停步从一旁走了过去。但又一想，自己发愿出家时正是这样丢下妻儿离家出走，现在她死去三日，眼见其葬地却不留步，是否太过无情？不知也罢，碰巧自己身为法师路过，完全不念陀罗尼，可谓无有慈悲心，也与佛祖恩惠背道而驰，招亡者忿恨。于是醒悟：该回去诵经。返回时，树下蹲着两个年幼的孩子，那正是我的孩子啊！于是问："少爷小姐为何在此？"两孩子答："啊，好高兴啊！今天是母亲去世第三天，我们在这儿拾遗骨。正好贵僧经过，真是高兴啊！拜托诵经吧。这样也会得佛祖恩惠。"两个孩子拼命劝说。当时感觉似梦非梦无法形容。好不容易回过神，仔细盯着孩子看，姐姐九岁，弟弟六岁，到底不像卑贱人家出身，音容笑貌甚是可爱。父子情爱，理所当然。千遍万遍，心中涌起想要拥抱的欲念，"我是父亲啊！"但终于抑制住这样的心情。"不不，那样意志薄弱，迄今为止的苦难修行就皆成泡影，也无法真入佛道。"那时惴惴不安之痛苦，谅诸君能够设想。且说孩子们，姐姐手持玉匣盖子，弟弟捧着罐子，不知何人所授，正用竹木筷子捡拾遗骨。我喉咙哽咽，泪洒前襟。良久才说："小贵人，你们年幼来拾遗骨，家里大人呢？""父亲遁世出家下落不明，只有一个家佣爷爷照顾我们，今天他没来。"言毕呜咽起来，说不下去了。我欲诵经陀罗尼，却也发不出声。当初后悔，顺道回故乡，现在却憎恨自己。但是这样无有尽头，也于事无补。总算诵经结束，突然下起了阵雨。姐姐望着树叶上的雨滴如同泪水一般倾泻说道：我曾跟来自京都城里的贵人学习，那人常说和歌能使所有鬼神息怒，感动无情残忍的人并使佛祖接纳，女人若无和歌教养，则很浅薄，所以七岁开始学习和歌连句，现在也能赋出一首。

　　　世间无常事，
　　　泪倾过后似雨露，
　　　草木亦哀怜。

　　幼女脱口而出。闻之，坚定的觉悟骤然崩溃，霜露几近融化。此情此景，还要隐藏秘密吗？我差点儿脱口而出："我就是父亲六郎左卫门入道啊！"幸好在此紧要关头又醒悟到——当年决心脱离尘世，今日怎可再套孩儿枷锁呢？生出此念，实在没出息！我为自己的内心动摇感到羞愧。这么一想便对她说："歌赋很好，千真万确，神佛也会感到悲哀，你的父亲母亲会含笑于九泉之下。连我这样无足轻重的人，听了都热泪盈眶。凡有心人，怎会不明白你的内心痛楚呢。偶然路经，知这般悲哀，想来我们……必定也是前世有缘啊。难舍难别，我需告辞了。"说罢立起身来。可姐姐说道："您说得对，共一片树荫，饮一河流水，均为前世因缘，不知我们何世再次相遇。依依不舍。尤其劳您诵经，不知怎么感激，真是一言难尽。"姐姐说罢，衣袖掩面落泪。一旁的弟弟未至明事年龄，却也依偎着姐姐扭动身体哭泣着。那时我狠下心去没有理会，心想横竖跟切腹自杀一样。就这样离开了他们。两人一直站在那里目送着我。我也边走边回头，只见他们将母亲的遗骨放入木匣，并没回家，而是捧着木匣朝相反方向走去。我不禁忧虑起来，便又折返回去问道："你们去哪儿？""去法忍寺，京都来的高僧在那里布道七天，今天已是第五天。大家都去听讲，我们也去并打算纳骨。""哎哟哟，真是年龄不大，想得很周到，母亲黄泉之下该有多高兴啊！不过那个法忍寺离这儿多远啊？""还没去过，想跟着大家后面走。""那为何不带那个用人一起去？不安全啊。明天让爷爷一起去吧。"姐姐答："前几日让爷爷带我们去，结果爷爷训斥说，'不是小孩子去的地方'。所以延至今日。""那我跟你们一起去吧，参拜了高僧，拜托让我们结缘吧。"这样我们便一同前往，一路上姐姐跟我说东道西，哭诉道：如果父亲活着，正好与那高僧年龄相仿，也不知前世犯了何等罪过，可怜与父亲生离又与母亲死别。父亲出家该等自己年龄大些，也好记住父亲的相貌，寂寞时获得宽慰。父亲做法真可恨。听了她的话，弟弟天真地说，母亲不是常说父亲成佛了嘛，不要那么难过啊。我听了顿觉一片昏暗，心如刀绞，似已无法分辨前方道路。渐渐我们趋近寺院，但见众多参拜者拥来。据说寺院为圣德太子所建，元弘建武之乱①时寺院领地毁于一旦，连佛堂都倒塌了。到楠的时代，复原了从前的寺院领地，重修了佛堂，并由京

---

① 元弘建武（1334—1336）为镰仓末期、后醍醐天皇朝廷之年号。一三三一年以后以醍醐天皇为中心发起讨伐镰仓幕府之运动，至一三三三年镰仓幕府灭亡。

都请来高僧妙法上人做佛事。人们闻讯，不分高低贵贱，四面八方结伴而来，僧俗男女热闹非凡。寺里自不必说，附近的树木下、屋檐下都挤满了人，各种抬轿鞍马不计其数。那天蜂拥而至的人大约来自附近三个诸侯国。如此拥挤杂沓的场面，孩子们很难进入。我正为难，只见姐姐钻入人群向前走去。"拜托，我们是来见高僧的。"或借助各路神佛怜悯，不可思议的是孩子们通过的地方，人群自然而然让出一条路来。走到仅隔两三人处，姐姐将木匣的盖子面向高僧放下，行了三鞠躬礼后合掌跪下，高僧凝视着她的一系列举止，问道幼童何许人？"楠一族的，筱崎六郎左卫门之子，父亲在我三岁时与楠大人失和遁世出家，下落不明。后随母亲尘世浮游。人间事变幻无穷，可悲的母亲也去世了，今日是母亲故去第三天，无人收拾遗骨，我跟弟弟两人去拾来放入这个匣里。却不知该纳何处。所以请求高僧，无论何处，敬请置纳母亲遗骨，祈祷母亲早入净土。阿弥陀佛。"高僧默默听其叙述，良久无言，泪水流了下来。在场的人，无论距离远近都跟着哀怨挥泪。这时姐姐又从袖兜里拿出卷纸放在高僧面前，高僧拿起卷纸高声吟诵，侧耳细听内容如下。"人间生死有别，凡众生命无常，多数孩子父母相伴成长。然不知前世何之报应，我等三岁生离父亲，今又死别母亲，无所依靠意志消沉，日夜充满思念之情，终日哀伤泪湿衣襟。谁人能慰我等今后？梦中相逢命中无常，时隔三日却似千年万载。况来日漫长，唯有哀叹。人生短暂，几度春秋？与其身为孤儿，不如祈求成全我等与可怜的母亲，栖身于同一莲花座上。"女孩儿又聪明地附上年月日，并在最下面赋诗一首：

每每在眼前，

星移斗转别离时，
泪滴白玉匣。

少小失怙恃，
玉手箱盖掩黑发，
谁人捧白匣。

高僧尚未读罢，便衣袖掩面，泣不成声。道场内不分男女老少贵贱僧俗，无不凄然落泪。有人闻之当场削发放置高僧面前。一女见状，亦剪去斗笠下露出的秀发，至高僧前欲出家离俗。欲削发者甚多，不知几多人当场遁世出家。那时我的内心诸君不难揣测。无论如何，期待聆听高僧说法。却又担心世俗羁绊，恍然醒悟："这样危险！"于是狠下心来视若无见，拿出战场冲锋陷阵舍命精神，急忙离开了现场。当时的离去比六年前脱离筱崎还要坚决，不顾一切。离开那儿跑到远处，在一棵树下喘息思考。"坐禅开悟绝非易事！不如立往高野山。那儿是弘法大师禅定之处，举世无双的群佛聚集圣地。"当时心想，哪怕修行于后院草庵也在所不辞。至此则心无杂念，忘我忘人，忘却故乡，日夜只知念佛修行。今日头次见到诸位。对了，今春听河内国参拜来人说：知孩子们乃"楠"一族后，觉得可怜，当时收留了六岁的男孩儿，使其继承筱崎世家。姐姐说是削发为尼。我则心安。

——两位僧人听此一番话，感叹曰："皈依经过感人至深。"亦落泪。三人互道法名，这位是"玄梅"，樊哙入道是"玄松"，荒五郎入道是"玄竹"。三人拍手道：我等真乃不解之缘。三个修行者法名的第一字均为"玄"。不仅如此，下面则是"松、竹、梅"。如此看来，我们不会仅是此世之缘。受此法名，亦属罕见，真乃奇缘啊！长年同在此山，却彼此不识遗憾，今后则望同心同德。三人感叹道：樊哙大人如若不遇贵女子，怎可皈依呢？一切的一切归结于放弃固有想法，意外之缘萌生皈依之心。恶事未必皆须唾弃。恶乃善之反面。恋情不必厌倦，出自细心。成大事者，乃细心之人。

纪伊国采漆工狐狸附体之事

城里人大概不知何为采漆？就是进入山里漆树上榨取漆液。此绝非百姓业余嗜好，而是如今鲜见的专业活计。如今因国外进口廉宜，漆树取漆，耗时费力不合算。总之，以前我们那样的村子都常有来自奈良的采漆人。所谓"采漆刨子"是头上打着弯儿、像镰刀一样的工具。他们拿着那家什，腰上挂着可装三四合漆液的竹筒，找到漆树便用采漆刨子割开树皮。刀口不可太深也不能过浅。很有讲究。然后用木片刮起刀口渗出的、松脂一样黏糊糊的液体装入竹筒。不小心漆液溅到脸上，脸部就会红肿。因此只有熟练工才干得了。为了不使漆液溅到皮肤上，他们戴着深蓝色手套，全身上下深蓝色的装束。唉，我们村里也有一人做那般营生。那男人从不外出做工，靠村子附近山上采漆为生。某年夏天，某日采漆工干完一阵活儿，正在山上睡午觉，下起了阵雨，于是醒转过来。当时他想："哎呀，说不定在我睡觉时狐狸附体了。"这么想并非有何根据，只不过僻静的地方行走常会被狐狸附体。他总觉着像有那么回事儿。且说回到家里，他也摆脱不掉自己的忧心，总觉着狐狸附了体。于是让母亲祈祷神明，自己也忧心忡忡地跟朋友坦白。接着便卧床不起，茶饭不思。钻进被褥，患病似的迷糊昏睡。天色暗将下来。"啊，今晚会不会出现狐狸啊?"他像是在期待、并愉快地盼望狐狸的出现。到了预料中的四更时分，有三个像似朋友的男人不期而至，并走啊走啊地邀约。说是朋友，却是从未谋面的男人，三个矮小男人个头不过三四尺。穿着号衣，挂着木制或竹制的拐杖，模样儿十分诡异。他们一个劲儿地说：走啊走啊。据说听到邀请，便按捺不住想去的冲动。但那是狐狸，去不得喔，不能接受他们的邀请！他心里这么想着，一直克制自己的冲动。那些朋友无奈，便转身返回了。这时隐约看到他们后面拖着个像是尾巴一样的东西。他当时想，还是没有跟去的好。第二天傍晚时分，他又开始期待，今晚会不会再来啊?果然又来了邀约。"走啊，走啊。"这次同样十分有趣，他同样迷迷糊糊地想要跟去，还是拼命忍住了。他家屋前有个院子，出了院子便是六尺高的崖壁，崖壁对面是一片苎麻田。因是夏天，麻长得很高，正好与这边的院子在一个水平线上。第三天晚上九点来钟，三个小男人又自苎麻田过来，邀约道："快走啊，快走。"仔细看时，那些男人的号衣上带有图纹，具体模样儿却记不清了。跟前两次一样，每人都挂着拐杖，不断地邀约着。那晚终于忍不住了，打算悄悄离家，正好父亲起来解手，心想不好，于是说道："我想去来着，但被父亲发现不妙。不去了。""什么呀，有我们一起，没关系，这么着，你父亲不会发现的，唉，快来!"说着那三个朋友手拉手，形成一个圈，让采漆工丑次郎进到圈里，"唉，这样你父亲是看不见的。别担心，跟我们来吧……"边说边带他离开。正好跟厕所出来的父亲擦肩而过。原来如此，父亲竟然看不见我们。然后那晚，在苎麻田里一起玩耍后，吃了他们招待的各种好吃的东西，黎明时分便让他平安回家。第四天傍晚天还没暗，他便按捺不住喜悦的心情——"快点儿来邀我啊"，正如是想，三个朋友在昨晚同样的时间来邀约："走吧，走吧。"于是又跟着去了。说道今晚去个好地方。离他家很近的地方有个深潭，里面有河太郎①。便去了那深潭方向。嗯，河太郎？就是那个河童。我家祖辈居住的村子在高野山往南三里的山坳里，村子一边靠山，一边是峡谷，在一片缓缓的山坡地带东一个西一个，星星落落建有住家。丑次郎家也独门独户，在山与山间的僻静处。前面是三四片梯田，梯田对面便是刚才说的河童生息的深潭。那是个无名水潭，村里人都称"托七潭"。嘿，不知是个甚名。要知道，这一带有"大瀑布"、"红瀑布"，是个瀑布很多的地方。那瀑布底下的下游，便是现在说的那个深潭。那是流经谷底形成的一个小小水潭，潭水湛蓝清澈，正中有块平坦的岩石突起。河太郎有时会在那块岩石上出现，所以说河太郎一定是生息在那个深潭里。很多人看到过。是啊，我也曾看到一次。好像是在一个夏天日落时，我正通过山路，脚下可以看到那个深潭，一个怪模怪样的家伙坐在潭里的岩石上。那时我想："啊，河太郎出来了。"对啊，远处遥望，看不清楚，似乎比人小，猴子般大小，脑袋上有个奇怪的白色东西，好像戴着鸭舌帽一样喔。是，是，那家伙时常害人，我认识的人据说也被河太郎盯上，拽到水里。真有拽到水里丧了命的。附带一提，在那个溪流的另一处架有一座独木桥，我的一个朋友傍晚时正要过桥，一不小心，脚踩空了，一只脚落入水中。当时他还在靠岸边的浅滩上，

---

① 指"河童"。"河童"是想象中的动物，说是水陆两栖。外形如四五岁的孩童，面部像虎，身披鳞甲，毛发很少。头部凹处可容少量水，水不干，则力大无比。会将其他动物拉入水中，吸其血液。

可是那只落入水中的脚怎么也拔不出来，就像是粘住了一样。他一直在拔，那只脚却渐渐往下陷。不妙！大家都说：若被河太郎盯住，水会变得黏糊起来。这可糟了！他觉察到是河太郎干的。据说河太郎这家伙怕铁器，这种时候，不管什么都可以，将类似铁器的东西扔进水中便能得救。他顿时想起，幸好腰间别着把镰刀，便将之掷入水中。于是轻而易举地将那只脚拔了出来。他面色苍白返回后，跟我们一五一十述说了来龙去脉。这人上了岁数，办事利落，非常正直，绝不说谎。所以，没错儿，一定是遭遇到了那样的事儿。好在此人并未丢掉性命。可有人真的掉进托七潭里丧了命。那是一个十四五岁、很可爱的女孩子。好像是被同村人家雇佣照看孩子。她很少独自一人外出嬉戏。就那天，趁孩子睡觉的当间儿和两三个小伙伴儿一起，去了那个深潭附近钓香鱼。真的十分蹊跷，深潭处淤水转眼穿过岩石下面，紧接着很快变成瀑布飞落下去。那女孩儿蹲在深潭与急湍之间的岩石上。本来面向急湍钓鱼，而她却面向深潭钓鱼。这时一同来的其他女孩儿也都在同一处钓鱼。也不知为什么，其他人一条都没上钩。她却收获不少。其他人觉得没趣说："不在这儿钓了，换个地方吧。"唯有那个女孩儿，还独自兴致勃勃专心致志地在原处钓鱼。天色渐暗，伙伴们提出时间不早，该回去了。可她钓兴未减。于是大家回返，留下她一人。唉，到了夜晚未见回返，主人家担心，便打发人去她家寻问。可她并没有回家。大家慌了，四下寻找线索。其实事情的经过是这样——其他女孩儿担心说出来挨骂，便不吱声，直到被追问才述说了真相。大家立即来到深潭附近，一看脱下的木屐好好摆放在那里。大家终于意识到是被河太郎盯上。水性很好的人腰间绑上绳索，约定河太郎出现，就示意齐拉绳索把他拽上来。交代之后，他便潜水到深潭底部，竟将女孩儿的尸体打捞了上来。女孩儿垂丝钓鱼总有鱼儿上钩，其他孩子却完全没有。这就不可思议了。啊，对了对了，这么说来，说是头一天确实有人看到一片彩虹自女孩儿家屋檐挂向深潭。彩虹不该这么近出现，却正好出自她家屋檐？看到的人还想：会有何事发生？结果第二天就出事了。唉，言归正传，那个采漆工被带往河太郎生息的深潭方向。不知为何，他心里惦着想要去死，想要今晚投身那个深潭，便跟着去了。据说见到很多人，都提着灯笼鱼贯而行向着深潭的方向走去。他躲在暗处偷偷窥视片刻，竟看到村长和大伯、大妈等，还有一些已经故去的亲戚。——奇怪！那个大伯已经死了，怎么还活着啊？就在这么百思不解时，逐渐地灯笼越来越多，在那个深潭周围徘徊。看这架势，想死是绝对不行了。于是说："看来今晚不方便赴死，我回去了。"——"那带你去更有趣的地方吧，随我们来。"说着三个小男人拽住他往棕榈山方向去了。那一带棕榈树很多，山上多为棕榈，高则一丈八，普通的也有一丈二，还有约莫一丈高的草丛茂密。拨开那样的草丛向前行走，山半道有个突起的大岩石，他的三个朋友嗖嗖地、极其敏捷地爬了上去。丑次郎觉着爬不上去，便说："那么高的地方，我上不去。"三个小男人却说道："什么啊，我们帮你，没问题喔，爬呀爬呀。"说着他们便从上面拉或在下面推，总算爬了上去。但爬的时候小腿蹭破了皮，这会儿异常疼痛。丑次郎不禁直嚷嚷："好疼！好疼！"——"抹上唾沫，即止痛。"说完给他抹上唾沫，立即见效不疼了。接着又觉口渴，"我要喝水！"——"那在这里歇会儿。"说完便在路边停下，也不知哪儿弄来的水，给他喝了。据说有股尿骚味儿。翻过那座山，便朝

143

我家的方向走下山来。"啊，对了，到铃木家附近了。"恍然察觉便说，"我回去了。"小矮人却说："哎，别呀，再玩会儿嘛。"一直拉着他往前走。可他坚持要回家，终于挣脱。说是那天晚上及头天晚上都是半夜三点才到家，每次都是天亮之前让他回来。却说到了第五天，走啊走啊的又来了，这天夜里说是带他去伊势，来到伊势松坂一家什么饭馆儿的二楼，端上精美朱漆高脚膳桌，在漂亮的和式房间享用了美味菜肴。然后来到街上，他们说："这里便是那个松原。"他一看，确是松原。当时他模模糊糊地有所感觉，自我们村往有田郡方向的山路上有个水壶谷，那里很是僻静，少有人通过。采漆工曾路过一次。当时，似乎多少有点儿记忆，说是松原，怎么着觉着像是"水壶谷"，他便说："这儿不是水壶谷吗？"三个小矮人回答说："啊！原来你知道水壶谷啊，那我们去别处玩儿吧。"结果又转了好多地方。"唉，怎样？这儿就是松原哪。"他们说道。这里是陌生的地方，确实松树茂密，像是松原的景观。但这会儿他已不时恢复神志，不由得想到："我这是被狐狸迷住了吧？"再看三个小矮人，看似像人，偶一疏忽便露出尾巴。看不清楚，但一晃一晃、若隐若现的感觉，总之大约那时起，他逐渐恢复了神志。穿越"水壶谷"后，有段时间被他们硬是拉着四下转悠。有个形状像似笊篱的山，村里人称"笊篱山"，他们穿过那座山时，他对他们说："这里是笊篱山啊。"山上茂密生长着松树、光叶榉树等各种杂木。他们在那山上不停地转悠时，兜裆布被树枝挂住松开了。他说："唉，等等，兜裆布开了。""那玩意儿不要了，磨磨蹭蹭，天就要亮了。得快点儿。"他们说着拉上他就走。"不了，我要回去。"听他这么一说，三人答曰："别回去了，找个什么可以睡觉的地方，一起睡觉吧。"很快天色渐明，采漆工也觉着这会儿不好回去，便一起去了我家附近的阿弥陀佛堂。佛堂正好可以睡下四人。准备带他们去那儿睡觉，说明他脑子里清楚想起了阿弥陀佛堂。阿弥陀佛堂，要从我家及邻家穿过，邻家院里有棵古老的大柿子树，树枝向道路这边伸出。经过柿树枝下，他想："啊，这里是铃木家了。阿弥陀佛堂就在附近。不远了。"阿弥陀佛堂是茅草葺顶，后面有一间四尺宽大小的后屋，里面堆放村里祭祀活动或盂兰盆会的各种灯笼、草垫。他像是记起了那草垫，打算去那个后屋睡觉。但那个房子须从屋顶进入。刚才说到，里面堆放了各类物什。怕小孩子进入，正门是从里面反锁的，必须从屋顶阁楼间进去。这些他也记起了，于是爬上屋顶。当然也是小矮人上拽下推才爬了上去。上去一看，那里搭着块厚厚榉木板，两尺宽，用作屋内东西搬进搬出的脚手架。他打算从那块板子上跳到草垫上，小矮人却说："这儿好这儿好。"因是茅草屋顶，从房檐下爬上，可以看到用竹子搭的屋檐主干，攀住后，身体一下子便钻进屋檐的茅草里去。他们招呼他："快来这儿，快来这儿。"是啊，那些家伙个头儿矮小，很灵巧便钻进草丛里了。但丑次郎是进不去的。"我身体大，钻进那里腿脚会露出来。"他们却说："唉，先进来试试。"结果进去，果然脚露在了外面。"看啊，这不，脚露出来了嘛。""那，没办法了，去里面吧。"于是放弃了这个屋檐茅草栖处，决定换到别处。他们先在屋檐上掏了个洞，从那个洞跳到了草垫子上，在后屋窄小的地方，四人并排睡下了。迷迷糊糊睡了一会儿。佛堂后面的板子上有个三寸大小的正方形洞孔，那是以前进了窃贼，开此洞孔窥视动静的。天已大亮，早晨的阳光穿过那个洞孔射了进来。不一会儿，外面传来嘈杂声，从那个洞孔朝外看去，村里孩子们正在佛堂前面玩耍，吵吵嚷嚷的，根本睡不着觉。他说："那些孩子真吵啊。"一个小男人道："好吧，我赶走他们。"说罢，像是跑到外面去了，不知他用了什么办法，总之那男人去后，孩子们都不见了。总算可以安稳地睡觉。偏不凑巧，他又想解手："我去撒尿。"矮人说："不行！不能出去！"拼命阻止他。"出去会被抓住，不能出去。想小便，撒在这里呀。我们也都撒在这里。"这么说着，三个小男人都躺着不动撒尿给他看。但丑次郎无论如何不愿在此撒尿，却已憋不住，又从那个屋檐的洞口跳到佛堂外。这时发现我在远处望着他。"啊，被铃木看到了。"他那时已有清楚的意识。就在我向他靠近时，三个小男人慌张地逃掉了。

唉，是的，抓住他正是早晨九点来钟。说是丑次郎不见了，村里组织搜索队开始搜山。明神引领，获知在东北方向山边。大伙儿隔六尺一人，四面八方山顶聚拢。我也参加了搜索队。大家手持镰刀、柴刀，我却赤手空拳。觉得有点儿心里发毛，虽已开始登山，我却说："回趟家就来。"回去取了家伙返回，看见丑次郎站在佛堂前。不知为何，他系着草绳带子，两手背在身后。头夜下了雨，所以穿着下摆湿漉漉的和服站在那里。"这不是丑次郎吗？"我小心翼翼打着招呼向他走去。他慌忙欲逃入佛堂，我便上前抓住了他。他用尽力气反抗。还真难擒住呢。这时众人跑了过来，终于按住他，拽回家去了。跨进他家门坎前，他一直精神亢奋。让他安安静静睡了一觉，又请法师过来祈祷，一个星期后，他便完全恢复正常了。其实之前，他已一点点恢复正常意识。自己遭遇了什么，被带往何处，以至被狐狸套住，点点滴滴都说出来。现在的故事，乃其当时本人讲述。后为慎重起见，我还去佛堂看了看，的确屋檐上开了个大洞，有小便滴落。倒也不臭。其本人也说："对了，爬棕榈山受伤来着……"说着伸出腿给我们看。的确擦破了皮。兜裆布的事儿，过了很长时间，有一女子去笮篱山割草，发现了挂于树枝的兜裆布，吓得惊恐万状，逃了回来。此外应其所言，某处曾有什么，基本都能找到证据。想来不会是他随意乱编造。系的草绳带子，或许亦因走着走着带子松了，无意中系上了草绳吧。那以后，采漆工约莫一年时间，恍恍惚惚，现在喝醉的时候，别人一提："说说被狐狸附体的故事?"他还会笑着津津乐道。

觉海上人①成天狗之事

南胜房法语云："南十界②执心，九界遨游，念念改变，依身受也，则十界住不住自在也……密号名字，乃鬼畜修罗之栖密严净土也，如二人共枕一人噩梦一人善梦，……凡心转业缚依身即所依住正报净土也，其住所亦如此，三僧祇间不知此理故修行度日也。"南胜房僧即觉海上人，传顺德院③建保五年④擢为高野山第三十七代执行检校法桥上人。距今约七百年前，镰仓时代实朝⑤年代人。生于但马国朝来郡，初为该国健屋⑥与光寺学头，后登高野山住学僧华王院。与光寺犹存。当地人今亦仰慕上人遗德。华王院更名增福院，传法有前述之《南胜房法语》、《觉海传》及《上人自笔文札》等。一日造访此寺，承住持鹫峰法师好意，一应古文书悉数笔录。

　　纪伊续风土记所载高野山天狗项曰："乃鬼魅类魔族异兽也。"又称"然随感业轻重自成善恶二种：护卫佛塔神龛冥护修禅客乃其一种；另一则邪慢骄高恶逆无心正路。彼乃拥护栖止本山佛道惩罚恶事善天狗也。"可知魔界种族，未必佛法之敌。总之"人体好杂类异形偏执恶业乃无悟之故也。承继依身无苦，临终不思结印，如愿可住四威仪（行、住、坐、卧），动作皆循三昧，念念声声悉地观念真言也。"此乃南胜房法语所倡道理。上人成天狗，便是以身实践其信念。

增福院所藏上人书札，乃寄"莲华谷御庵室"书信。据鹫峰法师说明，收信主人即所谓"高野非事吏"之祖明遍上人⑦（少纳言入道信西末子）。书札开头写道："近日十津川乡人来，当寺领大泷村，悬札申云，当村并花园村等吉野领十津川之内也，仍令悬此榜示之札。自今以后者可勤十津川之公事云云。此条自由之缘由不可思议也。"无须列出全文，下略。总之目睹吉野僧人暴行愤懑，述于明遍上人。《觉海传》载，事发建保六年正月，至承久元⑧年八月。吉野春贤僧正引领乡民闯高野山领地，于花园庄大泷乡立牌"吉野领"，"并于御庙桥下标榜芳野领"。今或为后院大师灵庙前无

---

① 源实朝（1142—1223），平安后期至镰仓时代的僧人。于醍醐寺从定海学真言法。后于高野山开辟"华王院"，开办讲座，养成俊才。学识、灵能均极其卓越，为高野山之密教研究掀起了新潮。一二一九年为高野山之第三十七代检校。对中世纪密教方面禁止的性之修法是非论以及政治见解均给予极大影响的"而二不二"（即：宇宙根本原理乃多元还是一元之论争）观点始于觉海。在任期间，与吉野金峰山为寺院地盘境界争执费尽苦心。此人为兵库但马人，本姓"源"，字"南胜房"，通称"和泉法桥"。
② 无台宗教义中的十浩界，出自《佛祖统纪》卷五十，类分为地狱界、饿鬼界、畜生界、修罗界、人界、天界、声闻界、像觉界、菩萨界、佛界。
③ 顺德院（1197—1242），镰仓前期天皇，名为"守成"，又称"佐渡院"。在位期间为一二一○至一二二一年。
④ 即一二一七年。
⑤ 实朝（1192—1219），镰仓幕府第三代将军。在职期间为一二○三至一二一九年。
⑥ 地名。
⑦ 明遍上人（1142—1224），为法然上人之门下徒，被称为"高野僧都""高野圣"。乃藤原通宪（平安后期公卿，出家后法名"信西"）之末子。幼年入东大寺东南院，研究三论，兼学密教。
⑧ 建保六年为一二一八年，承久元年为一二一九年。

明桥。亦立高牌。《觉海传》如是载："尔来以精进法界之灵场为杀生污秽之猎地，几许狼藉不道，不遑枚举也。"书札又记述："剩杀数十鹿剥皮。"并记述："寺家之叹，何事过之候哉，人守忍辱之地，无弓箭之间，十津川之住人知，如此仔细，动及狼藉候者也。"然当时高野山无僧兵乎？《纪伊续风土记》："古老传记述，吉野恶僧欲劫夺此山领地，渎大师灵迹，时觉海检校发深重悲誓，凝修罗遮那观门务行解魔法海，同其类镇护山家，大师佛法运未及龙花之春，便化大势勇猛羽翅，飞去白日。"《觉海传》则载：彼时（承久元年八月五日）三千信徒哀叹大秘传法欲下山，上人力阻，并劝多候一日申诉阎魔厅。上人圆寂是在六年之后，贞应二年①癸未八月十七日，春秋八十二岁。上人唆使魔族，吉野恶僧春贤僧正同年十二月遽然夭灭。不义结帮、助纣为虐吉野方的公卿均"遭三地两所②冥府报应"，一山危机终于化解。那么，觉海上人在世时莫非便已化作天狗时时飞行魔界？金刚三昧院③之毘张房同为天狗。不过本来即是天狗，后变化为人入住寺院。上人则反之。

可以确定，上人圆寂时持死后入魔界或再生魔界之信念。关于此，《觉海传》一节略显冗长，改写为假名交文体，供大方诸贤一粲。

　　大师曾自誓，恳口祷曰：吾既产鄙北受，南山习遮那法（注：南山即为高野，相对比叡山北岭而言），现今山头

---

① 一二二三年。
② 指弘法大师与神明（坛上伽蓝）处。
③ 高野山上真言宗寺院。

务职，奇缘不可思不可测。唯愿三世佛陀十界索多①及吾之大师，示告吾我前生，如何得此幸运人体，逢遇难得秘法乎。五体掷地，目流血泪，忘身所在尽诚至命根尚绝。时而大师真影现。和柔类稀容颜灵威，和雅梵音幽声彻耳。汝始产于摄州南海，形如小蛤，蚌羸海族，与波漂浮，交糅沙石，四海千岁。呗音②风顺，逢入碧波，因蛤闻熏③之力，借海浪激扬，自至天王寺西浜畔。一童仆戏耍抛置天王寺④堂前，闻诵经读咒，转受牛身。负重至远，牧童鞭加，蚊蚋肉噬，余缘尚未朽，一日荷负大乘般若书料纸故，三世转生红赭肉身。幸唯缘熏发，信辈乘骑参拜熊野，得四世转生点燃柴灯人身。常持火光照明道路，故智度净业渐渐熏增，五次转生为庙前密法修法承俸者。清晨汲运阏伽⑤，昏暮采摘净花，抹香凝熏烟，调滋味炊饭，耳常闻三密理趣，目自视五观妙相。因用力冥熏加持，现今转世六生，感受法门栋梁南山检校鸿职。第七生必护密法、受威猛依身，体附羽翅，飞行自在，修鼻突出如弯笋，遍身赤黑毛发类钢针。正遇末弟骄慢放逸，耽于酒色，轻佛法王法，贪他人财宝，以污秽不净之身涉登伽蓝，狂言歌乱毁信徒之心，并坏吾密法结帮狂族。如此恶态之徒，怎可

---

① 菩萨是"菩提萨埵"之略称。菩提萨埵，梵语 bodhi-sattva，巴利语 bodhi-satta。又作：菩提索多、冒地萨怛缚，或扶萨。意译作：道众生、觉有情、大觉有情、道心众生。意即求道求大觉之人、求道之大心人。
② 意为和尚诵经、佛教徒念经的声音。
③ 一佛名。
④ 依此记事想象，大阪天王寺古时近海。
⑤ 佛教中供佛前圣水，为六种供养之一。又称"功德水"。

不加治罚，诱进赏正？魔佛一如，生佛不二，修罗即遮那，汝必常持此臆念也。言讫，声传秀丽遗韵山谷，馥郁异香，熏蒸野外，感泪胆铭，身心汇昧也。故人称南山硕学，乃七生悟道人也。

类似本生谭，多见于《今昔物语》等。但所谓天王寺海浜之蛤，熊野参诣之马，颇似高野上人前生。即上人依照大师之言预知了自己来世。然因预知之故，才建立南胜房法语之信仰么？抑或因此信仰，才受之于轮回天狗之命运呢？何为因、何为果？依照传记，或可视为后者。

上人庙宇位在山中遍照冈，有说葬在华王院境内池塘边，池塘现存增福院寺中。《觉海传》"赞"篇结语道："采集遍照冈枯枝落叶即或一枝一叶，亦将被施严作祟，其威其灵，无信可惧，彼地悉成上、中、下皆即身佛，呜呼奇哉，游戏三昧①。"

---

① 佛语。意：于佛界，佛陀、菩萨、修行者均不拘任何约束，自由尽情享受。

图书在版编目（CIP）数据

闻书抄/（日）谷崎润一郎著；谈谦译.
—上海：上海译文出版社，2018. 10（2024. 2重印）
（谷崎润一郎作品系列）
ISBN 978 - 7 - 5327 - 7836 - 2

Ⅰ.①闻… Ⅱ.①谷… ②谈… Ⅲ.①短篇小说—小
说集—日本—现代 Ⅳ.①I313.45

中国版本图书馆 CIP 数据核字（2018）第 057809 号

谷崎潤一郎
聞書抄

闻书抄	〔日〕谷崎润一郎 著		出版统筹 赵武平
			责任编辑 刘 玮
聞書抄	谈谦 译		装帧设计 柴昊洲
			插 图 菅楯彦

上海译文出版社有限公司出版、发行
网址：www.yiwen.com.cn
201101 上海市闵行区号景路 159 弄 B 座
上海市崇明县裕安印刷厂印刷

开本 890×1240 1/32 印张 5 插页 2 字数 65,000
2018 年 10 月第 1 版 2024 年 2 月第 2 次印刷

ISBN 978 - 7 - 5327 - 7836 - 2/I · 4820
定价：36. 00 元